# あのとき、僕らの歌声は。

AAA

幻冬舎

あのとき、僕らの歌声は。

この作品は、AAAのメンバーそれぞれへの
インタビューをもとに創作した小説です。

✴

ブックデザイン
bookwall

構成
杉山大二郎

協力
エイベックス・マネジメント株式会社

CONTENTS

# Chapter1　ミカンセイ

# 1

額を流れる汗を手の甲で拭《ぬぐ》いながら、宇野実彩子《うのみさこ》は足下に捨てられていたAAA《トリプル・エー》のステッカーを拾い上げた。

――うるさいな、蟬《せみ》。東京に、まだこんなにたくさん蟬がいたんだなあ……。

手のひらで庇《ひさし》を作るようにして、頭上に広がる深緑の木々を仰ぎ見る。

二〇〇五年八月。代々木公園には、真夏の日差しが容赦なく降り注いでいた。

ぼんやりと立ち止まる実彩子を、きゃっきゃと黄色い声を張り上げてじゃれ合う制服姿の女子高生グループが追い抜いていく。濃紺のミニスカートが弾むように揺れていた。

岩に裂かれる谷川のように、実彩子の両脇を次々にたくさんの人たちが行き交う。

スケボーを肩に担いだ上半身裸の男の子たち。ソフトクリームを手にしたカップル。こぼれそうな笑みを浮かべながら駆け出そうとする小さな女の子の手を、若い両親がしっかりと握り締めている。

――みんな楽しそうだな。

蟬の大合唱が洪水のように溢《あふ》れる。それなのに、誰一人、蟬たちの声に耳を傾ける者はいない。実彩子だけが人々の流れに取り残されるように、その場に立ちすくんでいた。

歩行者の流れに合わせて、数歩ほど歩みを進める。青々と葉を茂らせたケヤキやクスノキなどの夏木立が作る日陰を通り抜けると、足下のアスファルトから、むわっとした熱気が湧き上がってきた。

「今度デビューするＡＡＡです。よろしくお願いします！」

うんざりするような暑さにも負けないように、満面の笑みで元気に声を張り上げ、道行く人たちにＡＡＡのステッカーを配る。だが、ほとんどの人が手を伸ばそうとさえしてくれない。

実彩子と同世代くらいの女の子三人組がおしゃべりをしながら歩いてくる。そのうちの水色のＴシャツを着たポニーテールの子と目が合った。実彩子はニッコリと微笑《ほほえ》んで、ステッカーを差し出す。

「よろしくお願いしまーす」

実彩子が出したステッカーを、女の子は受け取ってくれた。

「ありがとうございます！」

ストリートライブをはじめるまでは、こんな小さなことで、これほど幸せな気持ちになれるものだとは思わなかった。心からの感謝を込めて、女の子たちの後ろ姿に深くお辞儀をした。

顔を上げると、歩きながらステッカーを覗《のぞ》き込んでいる女の子たちの様子が見えた。「何それ?」「エーエーエーだって」「知らなーい」つづけて大きな笑い声が起きる。

「あっ!」

女の子がステッカーを、ポイッと投げ捨てた。ヒラヒラと道端に落ちていく。

慌てて拾いに走った。目の前で捨てられたのは、今日だけでもう三枚目だった。気づけば、すぐ先にももう一枚落ちていた。小さく溜息《ためいき》をつきながら、それも拾う。

——あたし、何やってんだろう。

込み上げる感情を、グッと歯を食い縛って呑《の》み込んだ。

来月の九月十四日には、パフォーマンスグループ『AAA』としてエイベックスから正式にメジャーデビューする。そのために全国で五十本を超えるデビューイベントやストリートライブをやってきた。

十六歳でエイベックスのオーディションに受かってから、三年間も厳しいレッスンの日々を送ってきて、やっとデビューできるのだ。

——あと、もう少しだ。

拾い上げたステッカーを見つめる。捨てられたあとで誰かに踏まれたのか、靴跡がついていた。実彩子は強く唇を嚙《か》み締める。

こんなことは、もう何度も経験してきた。惨めな気持ちなんかにはならない。とっくに慣れていたはずだ。それなのに、息ができないくらい、ギュッと胸が締めつけられた。このまま張り裂けてしまいそうだった。

たっぷりの熱と湿度を孕《はら》んだ風が頬《ほお》を撫《な》でる。木々の葉が微《かす》かに揺れ、蟬の鳴き声が一際大きくなったような気がする。

代々木公園はストリートライブの聖地で、休日ともなれば数えきれないほどのグループが、そこかしこでパフォーマンスをしていた。その中には趣味としてではなく、本気でプロを目指している人たちも交ざっていて、かなりたくさんのファンを集めていたりする。

実彩子たちは三十分ほど前に、一回目のストリートライブを終えたばかりだった。デビュー曲の『BLOOD on FIRE』を歌ったのだが、自分たちが思ったほどには盛り上がらなかった。

集まった観客は二十人ほど。そのうちの何人かはスタッフの知り合いだ。事前告知により来てくれたファンをのぞけば、通りすがりに足を止めて観てくれた人は五、六人というところだろう。

——こんなんで、だいじょうぶなのかな？

来月にはデビューするというのに、さすがに観客の少なさに不安になる。この一年あまり、全国を飛びまわるようにしてストリートライブやイベントをやってきたにもかかわらず、いまだにこんな集客しかできない。

そもそもストリートライブなんかやったって、ファンを増やす効果はないのではないだろうか。これだけ歌っても、自分たちの声は誰にも届いていない気がする。

――こんなはずじゃなかったんだけどな。テレビで歌ったり、主役とまではいかなくてもドラマに出たりとかさ……。

集まってくれたファンには心からありがたいと思いながらも、その少なさにいたたまれないほどの恥ずかしさや情けなさを覚える。

こんな惨めな姿は、友達には絶対に見られたくない。ずっと応援してきてくれた友人たちにデビューが決まったことを伝えたとき、実彩子が華やかな芸能人になることを誰もが心から喜んでくれたのだ。

「今のうちにサインをもらっておこうかな」

そう言って実彩子のことを眩《まぶ》しそうに見ていた友達の笑顔が頭をよぎって、どうにもならない悔しさや無念さが胸を重く締めつけてきた。まさかいまだにストリートライブをやっていて、しかも二十人しか観客が集まらないなんて、口が裂けても言えない。

目指してきた夢は、こんなことではないはずだ。

道行く人たちの日常に、まだ自分たちは一つもかかわれていない。彼らの人生のシーンには、ほんのわずかも入り込めていなかった。

実彩子は木々の向こうにそびえるＮＨＫホールの建物に眼差《まなざ》しを向ける。

今は見上げるだけだ。だけどいつかきっと、あんな立派な会場を、ＡＡＡのファンでいっぱいにしたい。たくさんのファンの前で、思いきり歌いたい。

「宇野ちゃん、どうした？」

声のほうを振り返ると、浦田《うらた》直也《なおや》が手を振りながらこちらに歩み寄ってきた。その視線は、実彩子が持っているステッカーに注がれている。

「こんな都会の真ん中でも、蟬って鳴くんだなぁって思ってさ」

「蟬？」

「うん。ほら、聞こえるでしょ」

直也が身体《からだ》の動きを止め、眩しそうな顔で頭上にかかる緑の木々を見上げる。しばらく耳を澄ませていたが、すぐに実彩子に向き直った。

「そりゃ、蟬ぐらい鳴くだろ、夏なんだから」

「でも、原宿や渋谷で蟬が鳴いてるのって、聞いたことなくない？」

北海道、中部、関西、九州とメンバーの出身地がバラエティーに富んでいる中で、直也と実彩子は東京出身だった。

直也が実彩子の手の中にあるステッカーをふたたびチラリと見た。

「お客さん、さっきより、いっぱい集まってるから……」

それから、ポンッと一つ、大きな手のひらで実彩子の頭を軽く叩《たた》いた。

「……二回目のライブ、はじめるぞ」

実彩子が持っていたステッカーを、まるでひったくるかのように摑《つか》み取った直也が、照れたように目を細める。

息苦しかった胸が、フワッとした感じで楽になった。

何も言わないけれど、たくさんの言葉をもらった気がした。かっこいい言葉などなくても、彼の笑顔だけでなんだか元気が出る。

こういうとき、やはり直也はAAAのリーダーなんだと思う。

四歳年上の直也だけが、メンバーの中で唯一成人していた。日頃は口にすることはないが、大人として彼だけが背負わされているものも少なくないはずだ。直也の決して器用とはいえないけれど、まっすぐな優しさに、メンバーたちがどれほど助けられてきたかわからない。

「ありがと」

すでに歩きはじめていた直也の背中に声をかけたが、公園の喧噪《けんそう》に搔《か》き消されてしまった。

直也が振り返る。

「なんか言った？」

「ううん。なんでもない」

自分でも自然と口元がゆるむのがわかる。少し気持ちが軽くなっていた。

「なんでもないってことはねえだろ」

直也が怪訝《けげん》そうな顔をしている。

「ほんとに、いいの。いこ」

直也と一緒に、ＮＨＫホール前の広場にいるメンバーたちと合流する。

実彩子や直也と共にメインボーカルを務める西島隆弘《にしじまたかひろ》が、メンバーと同じＴシャツを着たスタッフの一人と話をしていた。

アンプの音量をもっと上げてほしいと言っている声には、少し苛立《いらだ》ちが混じっているようにも聞こえる。

隆弘は少女のような柔らかな容姿と声をしているが、表現するということには強いこだわりを持っていた。その純粋なまでのまっすぐさが、ときとして厳しい言葉を使わせてしまい、誤解を招くことがあった。

本当は誰よりも音楽を愛しているだけなのに。

デビュー前のＡＡＡには、まだマネージャーがいない。衣装もグッズも自分たちで運ぶことが多かった。イベントの準備も手伝う。メンバーとスタッフが一緒になって、ＡＡＡというグループを作っていこうとしている。デビューさえしていないメンバーのために、スタッフたちも必死で頑張ってくれていた。

隆弘と話しているスタッフは顔の前で手を振りながら、これ以上は周囲の迷惑になるから音量を上げられないと繰り返していた。

スタッフの立場なら、公園の他の利用者に配慮をするのは当然のことだ。苦情が来るようなことは、ＡＡＡにとって一つもプラスにならない。スタッフだって真剣にＡＡＡのことを考え、支えてくれている。どんな小さな可能性でも、そこにひと欠片《かけら》でもチャンスがあるなら、挑戦しようという気持ちも一緒だ。

いっぽうで、もっとパフォーマンスが注目されるように、小さなことにもこだわろうとしている隆弘の気持ちもよくわかる。

置かれている立場は違っていても、メンバーもスタッフも目指している方向は一緒なのだ。ただ、それがなかなか嚙み合わないのがもどかしい。

この数カ月間、全国を共にまわってきて、実彩子にはそれがよくわかっていた。隆弘も同じだろう。

互いが一生懸命だからこそ、ときとして衝突することはある。

どうにもならない思いにあがきながら、それでも必死に前に進もうとしている。上手《じょうず》に言葉にできなくたって、その思いには嘘《うそ》もごまかしもないはずだ。

隆弘が唇を嚙み締めている。その手にも、拾い集めたステッカーが握られていた。

二回目のストリートライブがはじまった。

ラップを担当している日高光啓《ひだかみつひろ》が、マイクを握って道行く人たちに語りかける。

光啓が話す言葉は、同じ日本語なのに、まるでどこか遠い異国の歌のように独特の旋律を持って心を震わせる。優しかったり情熱的だったり力強かったり、言葉が鼓動するようにリズムを刻み、そしてゆっくりと身体に染み込んでくる。

――言葉って、生きてるんだ。

実彩子は彼のラップが大好きだった。

しかし、光啓の呼びかけにも、足を止める人はほとんどいなかった。胡散臭《うさんくさ》そうに視線を一瞬投げて寄越し、そのまま歩いて通りすぎてしまう。

ストリートライブをはじめたころは、恥ずかしさと切なさで心が挫《くじ》けそうになったこともあったが、もう今では慣れてしまった。

もともと人前で歌うことは大好きだった。この春に卒業してしまったが、高校時代の三年間は、いつだって音楽と共にあった。

友達とはよくカラオケに行った。行けばマイクを放さない。音楽の中に身を置くことが、ただ楽しかった。

どの時間にも、どのシーンにも、すべての思い出と音楽がセットになっていた。曲を聴くだけで脳裏に浮かぶ記憶があり、場所があり、人がいる。音楽を聴くとそのときの季節や情景や匂いまでもが、生々しいまでにはっきりと蘇《よみがえ》った。

たとえば夏なら、RIP SLYMEの『楽園ベイベー』。

友達とみんなで鎌倉の海岸に行った。電車賃が高くて驚いたが、気の置けない友達と都会の喧噪を離れて遊ぶのが、とにかく楽しくてしかたなかった。

抜けるほど青く澄みきった空と海が、一本の水平線で区切られている。ギラギラと照りつける夏の日差しと肌にまとわりつく潮の匂い。寄せては返す波の音が、柔らかなリズムで胸を震わせる。ビーチの野外スピーカーから流れるサウンドが、剝《む》き出しになった肌から染み込んでくる。

ただそこにいるだけで、泣きたくなるほど幸せだった。みんなで声が嗄《か》れるまで笑いつづけた。何時間だってそうしていられた。

そんな風に音楽を通して感じた幸せを、たくさんの人たちに伝えたいと思う。

高校生のとき、ダンスをやりたいと言い出したのも実彩子だった。友達数人がすぐに賛同してくれて、ダンスサークルを作った。

洪水のように溢れる音楽に合わせて身体を動かしているときの自分が大好きだった。乱れる呼吸も流れる汗も、すべてが愛《いと》おしい。

「かっこいいー！」

末吉秀太《すえよししゅうた》のソロダンスを観て、高校生くらいの女の子二人組がかわいらしい声を上げた。

顔に見覚えがあった。昨日も来てくれていた子たちだ。楽しそうに身体でリズムを取りながら、ときおり顔を見合わせて笑っている。

——そうか、私たちってかっこいいんだ。

歌うのが好きだ。踊っていると気持ちいい。みんなに自分のパフォーマンスを観てもらいたい。

声に出して伝えたいことがたくさんあるような気がした。それがなんなのかは、はっきりとはまだわからないけれど、今は自分たちにできることをやろう。

捨てられていたステッカーのことも胡散臭そうに投げられる視線のことも、すでに実彩子の頭からは消えていた。とにかく、歌って踊るだけだ。それが何よりも楽しいのだから。

――私は歌うことが好きなんだ。

自分が好きだと思う気持ちを大切にしたい。

実彩子は、みんなの前に飛び出していった。

2

「実彩子、これ一緒に受けようよ」

高校一年の夏がはじまろうとしていた。

仲のよいクラスメイトのハルカと、カラオケボックスのシートに並んで座っている。

ガラステーブルの上に置いたメロンソーダのグラスの表面を、水滴がゆっくりと流れ落ちていった。

一枚のプリントを見せられる。ウェブサイトを印刷したものだ。

「何、これ？」

「女性ボーカリストのオーディション」

ハルカが悪戯《いたずら》っぽい笑みを浮かべながら、上目遣いに見つめてくる。

「オーディション？」

「そう。それも、あのエイベックスなんだから」

大好きなアーティストの顔が、すぐさま何人も浮かんだ。

歌いたい。

たくさんのファンの前でステージに立って歌う自分の姿を想像しただけで、なんだか胸がときめいた。あっという間に体温が上がったような気がする。

慌ててメロンソーダのグラスに手を伸ばし、ストローを口に含んだ。キリキリと刺激のある液体が喉《のど》を駆け抜ける。

グラスをテーブルに置いた実彩子は、ハルカをまっすぐに見据えた。

「うん。やろう」

少しも迷うことなく答えていた。

それから毎日のように、カラオケボックスで練習を繰り返した。オーディションという目標ができたことで、カラオケがただの遊びではなく、ゴールに辿《たど》り着くために越えなければいけないハードルの一つになった。

同じことをしていても、目標があるだけでそれが何十倍も楽しくなるから不思議だ。そこにはなんの不安も逡巡《しゅんじゅん》もない。ただ、希望に輝く明日を夢見るだけだ。

オーディションの曲は、安室奈美恵の『Say the word』に決めた。

私の歌をみんなに聴いてほしい。私の言葉を伝えたい。

そんな自分の思いを素直に表現するのに、一番ふさわしい曲だと思った。

＊

幼少のころからテレビっ子で、とくにドラマが大好きだった。

十歳離れた兄と八歳離れた姉の影響もあったと思う。小学生のときから、兄や姉と一緒にドラマに夢中になった。ドラマを観ていると、自分がその中で生きているように思えた。

――私もスターになりたい。

多くの若者がそうであるように、実彩子もヒロインに自分の姿を重ねた。

同世代の女の子たちに比べて、かなり早熟だったかもしれない。大人の世界がとても身近に感じられた。そしてドラマの主題歌が、深く心に記憶された。

実彩子が子供のころは、テレビドラマから次々とヒットソングが生まれていた時代だ。

本木雅弘と深津絵里が主演した『最高の片想い WHITE LOVE STORY』では、福山雅治の『HELLO』に胸をときめかせた。木村拓哉と松たか子の『ラブ ジェネレーション』では大滝詠一の『幸せな結末』が、木村拓哉と常盤貴子の『Beautiful Life』ではB'zの『今夜月の見える丘に』がかかるたびに、ヒロインの切ない心情を思って涙した。松嶋菜々子と滝沢秀明の『魔女の条件』で宇多田ヒカルの『First Love』が流れれば、自然と一緒に口ずさんでいた。

音楽と共にいろいろな世界を観てきて、華やかなスターに憧れた。自分もスターになって、音楽が持つ素敵な力をみんなに伝えたいと思った。

ところが実彩子が合格した「avex audition 2002」は、すぐに芸能人として契約されるものではなかった。レッスン生として時間をかけて適性を見ていくのだという。

予選を勝ち抜いて合格したはずだったのに、実際にはまだ選考はつづいていて、結果次第でいつでもふるいにかけて落とされる。これからはじまる長いレースのスタートを切ったにすぎなかった。

エイベックスが大々的なオーディションを最初に行ったのは、一九九九年に全国四十七都市の五十会場で開催された「avex dream 2000」だった。およそ十二万人の応募者の中から絞られた二十四人が、六本木ヴェルファーレで行われた発表イベントに出場し、最終的に三名のグランプリと一名の準グランプリが栄冠を手にした。

その日本中を席巻した大イベントを引き継ぐ形で三年後の二〇〇二年に行われたのが、実彩子が出場した「avex audition 2002」で、それ以降は二年おきに形を変えながらも大規模なオーディションがつづけられている。

「avex audition 2002」の合格者は、実彩子を含めて女子ばかり十五名だった。

――絶対にデビューするんだ。

これからレッスンという名の長い戦いがはじまる。負ければ即、夢見るステージへの道が閉ざされる非情なサバイバルゲームだ。

レッスンといっても、できるかできないかではない。できなければ、明日はないのだ。その過酷さを思うと、身体に震えが走る。

それでもずっと夢見てきた光り輝く世界の住人に自分も迎え入れられるチャンスを摑んだのだ。絶対に負けるわけにはいかない。

休日はもちろん、放課後もレッスンに通った。どっぷりとレッスン漬けの日々だ。高校一年生の実彩子は、学業との両立という厳しい生活を強いられる。

それでもすべてが夢に向かっての努力だ。どんなに過酷なものであっても、ワクワクするような期待のほうがはるかに大きい。

レッスンの開始時間までは、友達とハンバーガーショップやカラオケで時間を潰した。ときにはたわいない話で盛り上がったり、宿題を教え合ったりもした。それからスタジオに入ってボイストレーニングやダンスレッスン、演技指導を受けた。

通っていた高校は進学校で、生徒は受験生ばかりだったが、そんな中でもクラスの友達は実彩子のことを応援してくれた。

高校二年生になるころ、正式にレッスン生として契約することになった。

実は、オーディションは両親に内緒で受けていた。レッスンも無断で通っていた。ただのレッスン生ならば少し帰宅が遅くなるくらいだが、契約となればいつまでも黙っているわけにはいかない。しかも、実彩子はまだ未成年なのだ。正式に契約するとなれば、親の承諾が必要だった。

エイベックスの社員が、自宅に説明に来てくれた。夜のリビングルームで、親と一緒に話を聞いた。

母が厳しい顔をしている。

芸能人になるということについて、両親とはあまりきちんと話をしたことがなかったが、どちらかといえば反対のようだった。不安や不審というより、むしろ実彩子のことを心から心配してくれているのだと感じる。

それはそうだろう。芸能界なんて、想像しただけでも厳しい世界だ。

ファミレスでバイトをはじめるのとは違う。誰にでもできる仕事ではない。才能と努力と運のすべてを注ぎ込んでも、それでもうまくいかないことだってあるかもしれない。そんな厳しく難しい世界に自分の子供を送り出すことに、躊躇《ため》らいを覚えない親などいないだろう。

それでも、実彩子の気持ちはもう決まっていた。

小学校、中学校、高校と、ずっと親が敷いてくれたレールの上を走ってきた。学校ではルールを守り、先生に従ってきた。はみ出すことが恐かったし、はみ出したいとも思わなかった。そういう生き方が安心だったし、疑問を持つこともなかった。

今まで自分から何かに挑戦したいとか、何かをやり遂げたいなどと考えたことはなかった。

そんな実彩子に、初めて本気でやりたいことが見つかったのだ。

——やらない選択肢なんて、ない。

居住まいを正し、母を見つめる。

「私、やってみたい」

ゆっくりと、噛み締めるように言った。

覚悟とかそんな大それたものではなかった。ただ素直に、やりたかった。

レッスンでひたすら汗を流して踊っているときだけが、本物の自分だと思える。人見知りで、人一倍恥ずかしがり屋なくせに、芸能界で生きていくことにたしかな自信があった。

根拠なんてない。でも、それが自分の生きる道だと確信できたのだ。

実彩子の言葉に小さくうなずいた母が、契約書に判を押してくれた。

3

高校三年の春。

前年の「エイベックス男募集！　オーディション」に合格していた浦田直也、西島隆弘、日高光啓、與真司郎《あたえしんじろう》、末吉秀太の五人がレッスンに合流してきた。

彼らと会うのは、昨年末のヴェルファーレで行われたオーディション合格者の発表イベントのステージに上がっている姿を見て以来だった。きちんと話をするのは初めてだった。

それまでのレッスンは女子ばかりでやっていて、歌もダンスも演技も、自分がずば抜けているという手応《てごた》えを感じていた。何よりもデビューしたいという強い思いは、誰にも負けない自信があった。

ところが男子と一緒にレッスンをはじめると、そのスピードやパワーに圧倒された。とくにダンスでは、動きの一つひとつで迫力が違った。

——上には上がいるんだ。

レッスンをしていても、もちろんみんな顔では笑っているし、冗談も気軽に言い合ったりする。それでも仲間というよりは、全員がライバルという緊張感が拭えなかった。

誰もが本気で夢を摑むために戦っていた。デビューできる人は限られている。男とか女とか、そんなことはステージの上では関係ない。勝者と敗者しかいないのだ。

――この人たちに勝たないと、私はデビューできない。

恐怖と焦燥感に、胸が押し潰されそうになった。


そんな中、エイベックスの勧めで、とあるテレビドラマのヒロインオーディションを受けることになった。演技のレッスンではいつも褒められていたので、それなりに自信はあった。役者になることを目指してきたわけではないけれど、子供のころから大好きだったドラマの世界には憧《あこが》れがある。万が一、合格して女優デビューなんてことになれば、きっと親も喜んでくれるだろう。

男子がレッスン生に合流してきたことで、焦りのような気持ちもあった。ドラマに挑戦することで何かを摑むきっかけになればと、オーディションを受けることにした。

緊張もあったが、それでも自分なりに普段通りの演技ができたと思った。しかし審査員たちの評価は散々なものだった。

実彩子の演技に対して、審査員たちは失望の色を隠そうともせず、氷のように冷たい視線を向けてくる。悪意さえこもっているように見えた。

「ぜんぜん違う。そういうことじゃないんだよ！」

容赦のない言葉が次々と投げつけられ、鋭い刃のように実彩子の胸を抉《えぐ》った。エイベックスのオーディションはとんとん拍子に受かってきて、演技レッスンでもずっと優等生だった実彩子にとって、耐えがたいほどのショックだった。

長い時間をかけて積み重ねてきたものが、ガラガラと音を立てて崩れ落ちていく。

――今までは狭い世界で戦ってきたんだ。もっと厳しいプロの現場があることも知らずに、私はいったい何を学んできたんだろう……。

打ちのめされた。もちろん結果は不合格だった。

頑張ったことが認められない。今までの人生で一番の挫折だった。

その数日後のレッスンでのこと――スタジオで他のレッスン生たちとダンスをしながら、鏡に映った自分の姿を、実彩子はなかば虚《うつ》ろな目で見ていた。

能面のような蒼白《そうはく》な顔の自分がいる。突然、涙が溢れた。

――私は必要とされなかった……。私にできることは、何？

悔しくて、悲しくて、たまらなかった。泣きはじめたら、もう止まらなかった。

激情が押し寄せる。キリキリと刺すように胸が痛んだ。手が震え、息ができなくなる。いつの間にか、その場に蹲《うずくま》って号泣していた。

「ストップ！　ストップ！　休憩にしよう」

直也の言葉で、音楽が止まる。

声を上げて泣きつづける実彩子を、みんなが遠巻きにして見ていた。シーンと静まり返るスタジオ。実彩子の泣き声だけが響いている。

直也が実彩子の隣にしゃがみ込んだ。

「そりゃ、うまくいかないことだってあるよ。でもさ、俺たちには立ち止まってる暇なんてないんだからさ。踊りつづけなきゃな。そうだろ」

実彩子は顔を上げた。

「でも……」

「失敗したっていいじゃん。できなきゃ、できるまで練習すればいいんだから。何度だってさ。今までだって、そうしてきただろ」

直也はやっぱり大人だ。いつだって優しくて強い。それに決して言葉が巧みなわけではないけれど、元気づけてくれる気持ちはまっすぐに伝わってくる。

みんなが実彩子を見ていた。直也と目が合った。泣いているのは実彩子なのに、直也のほうが照れくさそうな顔をする。

「もう、直也君、かっこよすぎだよ」

実彩子は洟《はな》をすする。

「あっ、やっぱり?」

直也がおどけた声で笑う。それを合図にしたように、他のみんなも笑い声を上げた。

そうだ。私、落ちてよかったんだ。きっと、今、評価されたらだめだったんだ。私はまだ世の中に出ちゃいけないタイミングだったんだ。だけど、必ずそのときは来るはず。次のために、今やれることをやろう。

——そうだよね、立ち止まってる暇なんてないよね。

手の甲で頬の涙を拭うと、実彩子は立ち上がった。

4

夏が終わりに近付いたある日、実彩子はエイベックスの幹部社員に呼ばれた。会議室に行くと、オーディションのころからずっと世話になってきた三人のスタッフが待っていた。

いつもと少し雰囲気が違う。どことなく表情が硬い。重大な話なのだと感じた。ぎこちなく椅子《いす》に座ろうとして、自分が緊張していたことに気づく。

まるで入社面接みたいだなと、入社試験など受けたこともないのに、そんなことを考えてみたりした。

「男女混合ユニットを作ろうと思っている。やってみないか？」

「ユニット……ですか？」

瞬時には意味が理解できない。ユニットを組むなど、寝耳に水だった。しかも、男女混合だという。

――嘘でしょう？

ユニットを作るということは、デビューを本格化させるということだろう。

今までもデビューの話は何度も出ていたが、それでもなかなか実現しなかった。喜んでは落胆するの繰り返し。何度も煮え湯を飲まされてきたという思いは強い。何よりも、いつデビューできるともわからないレッスン生としての日々は、まるでゴールの見えないマラソンを走りつづけているように苦しかった。

このままレッスン生で終わるんじゃないかと本気で心配していたところに舞い込んだ、具体的なデビューに一歩近づけそうな話だった。

――だけど、これってどうなんだろう？

そもそもソロでデビューするつもりで、ずっと厳しいレッスンに耐えてきたのだ。やっとゴールに辿り着いたと思ったら、それがユニットを組むという話にすり替わっていた。

この三年間のレッスンの日々で、ユニットでデビューすることなど、想像さえしたことがなかった。しかも、レッスンでは力の差を見せつけられてきた男子との混合ユニットだ。

――いいのかな。私がやりたかったこととは、ちょっと違うような気がするけど……。

戸惑いの思いが広がる。

それでも気がつくと、自然と言葉が口から出ていた。

「やります」

自分でも驚いた。

「これをやったら、ユニットのメンバーとしての人生がはじまるんだよ」

――そうか。これってゴールじゃなくて、スタートなんだ。

だったらなおさら、このチャンスに賭けてみるしかない。すぐに気持ちは固まった。

「はい。私、やりたいです」

スタッフの目をまっすぐに見つめながら、ふたたびそう口にした。

その日から浦田直也、西島隆弘、日高光啓、與真司郎、末吉秀太の五人に、紅一点の実彩子を加えた六人で新しいスタートを切ることになった。

あとで聞けば、他のメンバーもユニットを組むことを即答で承知したそうだ。夢の実現の機会だと捉えた人もいれば、自分の力を試したいと思った人もいただろう。それぞれが強い思いを抱えてここまで辿り着いたはずで、目の前にぶらさげられたチャンスを見逃すことはできなかったのに違いない。

ユニットは「すべてのことに挑戦する」という意味の「Attack All Around」（アタック・オール・アラウンド）の頭文字を取って、ＡＡＡ（トリプル・エー）と名づけられた。

男女混合のユニットは珍しい。しかも、歌だけでなくダンスや芝居など、あらゆる可能性に挑戦していくことをコンセプトにしたグループだ。

――やっとデビューできるんだ。ついに私の夢が叶《かな》うときが来た！

ところが、その思いはまたしても裏切られることになる。実際にはレッスンのメンバーが六人に固定されたにすぎず、生活は今までと何も変わらなかった。

デビュー日が決まらない。それどころか、デビューの見通しさえ立っていなかった。来る日も来る日も、厳しいレッスンがつづいた。

グループが結成されたというのに、やっていることはレッスン生時代と何も違いがないのだ。いつまで経ってもデビューできない。

そんな状態が何カ月もつづくうちに、一度大きく膨らんだ期待が、徐々に不安へと変わりはじめていた。

――やっぱり、このままデビューできないんじゃないだろうか……。

その日もスタジオでダンスのレッスンだった。

同じ曲が何度も繰り返される。全身から汗が噴き出し、シャツが肌に張りついた。鏡に映るメンバーの顔に、色濃く疲労感が滲《にじ》む。また、同じ曲がかかる。みんなが踊る。そして、また同じ曲だ。

――もう、うんざりだ。これで何回目だろう。

「だから、そうじゃねえって！」

「何が違うんだよ！」

「さっきから何度も言ってんじゃねえか！」

「それがわかんねえんだよ！」

スタジオに男子メンバーたちの怒声が響く。

フォーメーションの些細《ささい》な行き違いで、必要もないのに互いに言葉を荒らげる。蓄積された鬱憤《うっぷん》と焦燥感に、ささくれ立った感情が、ぶつかり合って軋《きし》みを上げた。

本当なら同じグループのメンバーとして、こういうときこそ励まし合ったりするものなのだろう。それがチームというものだ。

しかし、もともと実彩子たちは志を一つに集まった仲良しグループではなかったし、AAAを作るためのオーディションで選ばれたのでもない。心が一つにならない。

たとえばMr.Childrenは高校の軽音学部の部員仲間だったし、サザンオールスターズは大学の音楽サークルで活動してきたバンドだ。同じ音楽性を持った仲間が、メジャーデビューを目指して一緒に活動してきたという結束力がある。十年、二十年と活動しているグループの多くは、幼馴染《おさななじ》みや大学の仲間で結成されている。

いっぽうでEXILEやAKB48やモーニング娘。は、そのグループに入りたいと強く思った人たちをオーディションによりメンバーとしてきた。オーディションを受ける人の最終目標は、そのグループに入ることといってもいいかもしれない。

だが、AAAは違った。

それぞれが別々の思いを持ち、ソロアーティストとしてのデビューを目指して別々のオーディションを勝ち抜いてきたのだ。オーディションを受けた理由も違えば、目指してきた音楽も一つではない。

ＡＡＡは「集まった」のではなく、「集められた」グループだった。ましてや、ついこの間までレッスン生として、しのぎを削ってきたライバル同士だ。

絶対に他の人たちには負けたくない。一歩でも他のレッスン生より前に出て、自分こそがデビューするのだと、誰もが本気で思って火花を散らしてきた。

仲間意識などあるはずがなかった。「みんなで頑張ろう」なんて青春っぽさがあるほうが不思議だろう。

一人のアーティストとして強いパワーを出そうと懸命に頑張ってきた六人が、ある日突然、ＡＡＡというユニットの中に、ギュッと押し込まれてしまった。誰もがどこか窮屈な感じがしていて、どうしていいのかわからないでいるようなところがあった。みんな心のどこかでは、いつもイライラしていた。

実彩子はそんな六人の様子に、パチパチと弾《はじ》けながらひたむきに燃える線香花火のような危うさを感じた。こんなにも一生懸命に燃えているというのに、手のひらで覆っていてあげないと、微かな風や指の震えでも、一瞬で闇に溶けてしまう。

そんなことにはなりたくない。

このままではいけないと思いながらも、実彩子にはどうしていいのかわからなかった。

5

春が来た。乾いたコンクリートに閉じ込められた都会の街にも、どこからともなく若々しい息吹《いぶき》が漂ってくる。街路樹は青い葉をいっぱいに茂らせ、道ばたには名もない花が咲きはじめた。新しい旅立ちの季節だ。

二〇〇五年四月、ＡＡＡの名前が正式に発表された。翌五月から公式に活動を開始する。何度も延期が繰り返されてきたデビューの日も、ついに九月十四日と決まった。

――もう延期はないよね。今度こそ、デビューできるんだ。

その日のことを思うと、つい頬がゆるんでしまう。すべてのものが明るく楽しげに見えた。家族や友達もすごく喜んでくれて、いよいよ本当に芸能人になるのだと心が躍った。

ところがそんな実彩子に、衝撃的なニュースが飛び込んできた。

「avex audition 2004」に合格してレッスンを積んでいた伊藤千晃《いとうちあき》の追加加入が決まったのだ。

スタッフからそのことを知らされたとき、実彩子は茫然《ぼうぜん》となった。

一瞬、頭の中が真っ白になる。つづけて怒濤《どとう》のように、いろいろな思いが溢れ出してきた。身体から力が抜け、手が震える。呼吸が乱れ、立っていることさえ苦しくなった。

別に千晃のことがいやだとか、そういうわけではない。むしろ彼女のことを初めて見たときから、女の子らしいかわいらしさに心惹《ひ》かれるものがあった。しかし、それとこれとはまったく別の話だ。

六人のユニットが結成されるまでは、女子レッスン生では自分が一番高い評価をしてもらっているという自信があった。プロとしてはまだまだ学ばなければいけないことはたくさんあるかもしれなかったが、それでもボーカリストとしての潜在能力には、抜きん出たものがあると自負していた。ただ、それはあくまで女子レッスン生の中での話だった。

ＡＡＡとして六人になって男子の中に女子一人が入ってみると、自分が一番足を引っ張っていることを痛いほど感じさせられた。ソロで歌っているときには問題にならなかったダンスも、六人のフォーメーションではいつもモタモタしていたし、そもそもダンスの振りを覚えるのも一番遅かった。

スピードが違う。パワーが違う。それがそのまま音楽の表現力の違いとなって現れていた。うまくできない自分が歯がゆかった。

男女の力の差は、スタッフだって初めからわかっていたことだ。そういうデメリットを差し引いても男女混合ユニットに魅力があると判断したからこそ、ＡＡＡが作られたのではなかったのか。

――女が、私じゃ足りないからだ。

実彩子だけでは女としての役割を果たしきれないから、千晃の追加加入が決まったのだ。自分のすべてを否定された気がした。

毎晩のように同じ夢を見るようになった。

高校の制服を着て、自宅で机に向かって試験勉強をしている夢だ。テストでいい点を取らなければいけない。そのためには勉強しなきゃ。重圧に押し潰されそうなのに、勉強はちっとも進まない。

目が覚めると、張り裂けそうなほど胸の鼓動が高鳴っていた。

こんな夢など見たくないと思っているのに、忘れたころに、必ずその夢がぶり返した。まるで自分で見ようとしているのかと思うくらいだ。

レッスンにも身が入らなくなった。つまらないミスを繰り返し、先生に叱られた。メンバーにも迷惑をかけた。

その日もエイベックスのダンススタジオで、メンバーたちとレッスンを受けていた。ピカピカに磨き上げられたフローリングに、照明が反射している。四方の壁は全面が鏡張りになっていた。

どんなに激しく動きまわっても、どこに視線をそらしても、踊っている自分たちの姿がすべて映し出された。否応なしに他のメンバーとの実力の差を突きつけられる。どこを見ても、だめな自分がいる。まるで自分自身の姿に責められているかのようだ。

曲が終わった。実彩子はその場に崩れ落ちた。

——みんなに迷惑をかけてばかりだ。

悔しさに涙がこぼれる。一度溢れ出した涙は、もう止まらなかった。みんなの前で号泣する。

実彩子は泣き虫だった。すぐに泣いた。とくに悔しいときは、ワンワンと声を上げて泣いてしまう。

「もう、だめ……ぜんぜん、だめ……できない……」

苦しくて悲しくて、息ができない。

どれくらい時間が経ったのだろう。ふと顔を上げると、メンバーたちがいた。とっくに帰ったと思っていたのに、全員がスタジオに残っていてくれた。みんな、笑顔で実彩子を見つめている。

千晃が肩にタオルをかけてくれた。タンクトップから露わになった肩に、千晃の指が触れる。

真司郎がペットボトルの水を差し出してきた。実彩子はタオルで涙を拭《ふ》きながらそれを受け取った。

「ひどい顔やん」

「もう、しょうがないでしょ」

一番年下の真司郎が生意気な言い方をするのがなんだかとってもおかしくて、思わず笑ってしまった。

実彩子の隣に直也が腰を下ろす。

「なあ、明日なんて、どうなるか誰にもわかんないけどさ、俺たちずっと一緒にやってきたじゃん」

「うん……」

「なんていうかさ、うまく言えないけど……自分に満足してるやつなんて、誰もいないんじゃないかな。それでもさ、役割とかポジションとかって、あると思うんだ」

「……役割？」

「そう。みんなそれぞれ違うけどさ……それぞれに大切な役割があるんだよ」

——そんなこと言われたら、ますます涙が出てきちゃうよ。

込み上げてくるものをグッとこらえている実彩子の顔を、直也が覗き込んでくる。

「前にさ、蟬の話、してたじゃん」

「そうだっけ？」

「してたよ、代々木公園のストリートライブのとき……」

本当は覚えている。ただ、泣きはらした顔で話をするのがちょっと恥ずかしかっただけだ。

「……あれからなんかで読んだんだ、蟬の寿命の話。蟬って種類にもよるんだけど、三年から長いのだと十七年以上も幼虫として暗い土の中ですごすんだって」

「そんなに長く？」

「ああ、それなのに成虫になって地上に出てからは、一週間くらいで命を終えちまう。だから、一生懸命に鳴きつづけるんだって、まるで短命の代名詞みたいにいわれてるけど、俺はそれって違うと思うんだ。だって十七年だぜ。昆虫の中ではトップクラスの寿命を持ってるのが蝉なんだ。それって、すげえじゃん。たとえ幼虫時代はなかなか暗闇から出られなかったとしても、それが不幸だってどうして決めつけられるんだよ。実は充実した人生を送ってるかもしれねえじゃん」

「蝉だから人生じゃないけどね」

実彩子は吹き出した。

「あっ、じゃあ蝉生《せみせい》だ。とにかく、蝉だって暗闇の中で、いつか地上に出たときのことを思って一生懸命に頑張ってて、それなりに充実して生きてるのかもしれないだろ」

「直也君、またかっこいいこと言ってるかも」

直也が鼻に皺《しわ》を寄せて笑った。

――うん、たしかにいつも一緒だったね。楽しいときも苦しいときも一緒にやってきた。男子はすぐに喧嘩《けんか》するから、私はいつだってハラハラしてたんだから。それでもいつの間にか、なんで喧嘩してたかなんて誰も覚えてないくらいに馬鹿騒ぎして笑ってた。

ああ、そうなんだ。私たちはバラバラなんかじゃない。みんな考え方も生き方も全然違うけど、よく見ればすごく似た者同士だ。

家族とも友達とも違うけれど、どこかではもっとしっかりしたもので繋《つな》がっている。

今はまだちゃんとした形にはなっていないかもしれない。寄せ集めの、未完成のグループだ。それでも、同じ方向へ歩き出そうとしている。みんな、不器用だから上手に伝えられなかっただけで、きっと思いは一緒だ。

——そうだよね。やっぱり私の居場所はここにしかない。私はAAAなんだ。

まだはじまったばかりだ。なんの形もできていない。いつ終わるかもわからない。

はじまりがあれば必ず終わりもあるのだから、きっといつかその日が訪れるだろう。それでも今は、このメンバーでこの一瞬を全力で生きていきたい。

今はまだできないことがいっぱいあって、メンバーにもたくさん迷惑をかけてしまうかもしれない。それでも自分の可能性を信じて、明日のために今日を頑張ろう。

音楽がたくさんの思い出をくれた。楽しい記憶も悲しい記憶も、みんな音楽と一緒だった。

だからこれからは、AAAがファンにとって思い出になったり、背中を押すきっかけになったりしたい。誰かの人生を支える存在になりたい。

——泣いてる暇なんてない。

直也や千晃が笑顔でうなずいていた。きっとみんなも思いは同じだ。

集まったきっかけなんて関係ない。とにかく、私の居場所はここだけだ。何もない白紙のページに、みんなで力を合わせて物語を綴《つづ》ろう。

隆弘と光啓に手を借りながら、実彩子は力強く立ち上がった。

# Chapter2　虹

1

二〇〇五年十二月三十一日の朝。水彩絵の具で描いたような青く透き通った冬晴れの空が広がっている。

自宅の玄関を出た浦田直也の吐く息が白くなる。痛いほど引き締まった真冬の空気に、慌てててコートのボタンを上まで全部留めた。

「おお、さむー」

直也は駅に向かって歩きはじめた。電車に乗って、エイベックスのある青山へと向かう。デビューしてまだ三カ月の新人アーティストである直也には、当然ながら迎えの車などないし、タクシーさえめったに使うことはない。

駅に着くと、瞬く間に人の流れに呑み込まれてしまった。

やはり大晦日《おおみそか》だ。早朝にもかかわらず、たくさんの晴れ着姿の女性が目につく。電車の中は年の瀬の慌ただしさに溢れていて、誰もが華やいだ高揚感に気持ちを昂《たかぶ》らせているように見えた。

直也もこれからの一日を思うと、期待と興奮に胸が高鳴るようだった。

今夜出演するテレビ番組のために、この数日間、入念な打ち合わせやリハーサルを行ってきていた。

――今日は忙しくなるぞ。

エイベックスに着くと、すぐにワンボックスカーに乗せられて、NHKホールに向かった。NHKホールの前で何度もストリートライブをやったことを思い出す。

二十人ほどしか観客が集まらなかったこともあった。観客というよりは通行人がちょっと足を止めただけの二十人だ。配ったステッカーを、道端に捨てられたことも生々しく覚えている。その場にいた人たちのほとんどが、AAAのことを知らなかった。

そもそもストリートライブやイベント会場でのライブは、一人でも多くの人に名前と顔を覚えてもらうことが目的の一つだ。

通りがかりの人たちの前でいきなり歌を歌うのだから、ときには冷たい反応をされるのもしかたがないことだった。観るほうにも、心の準備ができていない。

だけど、今日は違う。

テレビ業界の一年間の総決算であり、もっとも日本国民が注目している番組である『紅白歌合戦』に出演するのだ。

――今夜は、あの中で踊れるんだ。

NHKホールが脳裏に浮かぶ。それだけで、くすぐったいような息苦しさを覚えた。自分の鼓動が聞こえそうなほど胸が高鳴る。

もちろんデビューして三カ月のＡＡＡが、紅白歌合戦に出場できるわけではない。同じ事務所の鈴木亜美が紅組で出場するので、ＡＡＡの男子メンバーがバックダンサーを務めることになったのだ。

ワンボックスカーに乗っているのは、直也の他に西島隆弘、日高光啓、末吉秀太の三人だ。最年少メンバーである與真司郎の姿はなかった。鈴木亜美が紅白歌合戦のあとで、深夜に生放送される『COUNT DOWN TV』に出演するので、十八歳未満で労働基準法に抵触する真司郎は、今夜のバックダンサーから外れていた。

真司郎や女子メンバーには少し申し訳ない気持ちもあったが、今日はもう一つ大きなイベントがあるのだから、そこは大目に見てもらうことにする。

ＡＡＡは『第四十七回日本レコード大賞』において、新人賞を受賞していた。今夜、その表彰式が、ＴＢＳ系列で全国に生放送される。新人賞の受賞は他に、中ノ森ＢＡＮＤ、Ｏ'ｓ、HIGH and MIGHTY COLORがいて、ＡＡＡを含めた四組の中から、最優秀新人賞が選ばれることになっていた。

――これってドッキリじゃないよな？

ノミネートされたことを聞いたとき、直也は心底驚いた。九月にデビューしてまだ三カ月ほどしか経っていない。

もちろんレコード大賞のことは知っていたが、新人賞に最優秀新人賞があることさえ、直也はわかっていなかったほどだ。

だから、まさか受賞できるとは思っていないし、もともとそんな大それた賞を目標としてきたわけでもない。

日本レコード大賞は日本の音楽界でもっとも大きな音楽賞で、その創設は一九五九年まで遡《さかのぼ》る。

主な賞としては、優秀な楽曲に与えられる「優秀作品賞」（二〇〇五年当時は金賞）と、その年にデビューした優秀で将来性のある新人歌手に与えられる「新人賞」の二つがある。これはそれぞれが複数を受賞対象として、さらに優秀作品賞の中から「日本レコード大賞」が、新人賞の中から「最優秀新人賞」が選ばれることになる。

他にも歌手に贈られる「最優秀歌唱賞」をはじめ、「作詞賞」「作曲賞」「優秀アルバム賞」「功労賞」など、日本の音楽界を牽引《けんいん》してきた人や作品の栄誉を讃《たた》える賞がいくつもあった。

紅白歌合戦と並んで、大晦日の国民的行事の一つといっても過言ではない。

だから、まさか日本レコード大賞のステージに立つことができるなど、夢にも思わなかったのだ。

デビューしたばかりの新人が、紅白歌合戦と日本レコード大賞の二つに出る。これで舞い上がるなというほうが無理だろう。

他の三人もそれは同様らしい。いつも口数の少ない秀太でさえ、さっきから光啓を相手にしゃべりまくっていた。

「ねえ、だいじょうぶかな？」

隆弘が頬を紅潮させて訊《き》いてくる。

「これだけ準備したんだ。だいじょうぶに決まってるだろ」

「そうだね。うん、絶対そうだよね」

直也の笑顔に、隆弘が何度もうなずいた。


代々木のＮＨＫホールで紅白歌合戦のリハーサルを終え、その足で今度は日本レコード大賞の会場である初台の新国立劇場に向かう。どちらも同じ渋谷区内にあるのだが、紅白歌合戦も日本レコード大賞も生放送なので、今夜は二つの会場を掛け持ちで行き来することになる。

本番開始ギリギリの時刻に、新国立劇場に到着した。待ちかねていたように、真司郎や女子メンバーたちが集まってくる。

「直也君、ずるいよ」

真司郎が昂ぶった声を上げた。

京都出身の真司郎は、しなやかな肢体と甘いルックスが魅力的で、女子中高生のファンから絶大な人気を誇っている。男の直也から見ても、人を惹きつけないではおかない不思議な存在感があった。

「楽しそうでいいなぁ。俺だけ仲間外れなんて、つまんないよ」

そう言われても、これればかりはしかたない。拗《す》ねた言い方をしながらも、真司郎は他の男子メンバーに会えて安心したようだ。

直也たちがいなくて、さすがに緊張していたのだろう。少年のようなあどけない顔に満面の笑みを浮かべながら、ほっとしたように大きく息を吐き出す。

日本レコード大賞の放送がはじまった。

黒地にゴールドをあしらった華やかな衣装に身を包み、ステージに上がるのを待つ。こんな高そうな衣装を着たのは初めてだ。それだけで気分が高まる。

直也はメンバーたちの顔を順番に見ていった。自分以外はみんな十代だ。ガチガチに緊張しながらも、それでもどこかでこの空気を楽しんでいるように見える。

初めてこのメンバーと会ったとき、直也だけは成人になっていたが、他は十六歳か十七歳くらいで、その年の誕生日が来ていない真司郎などまだ十四歳だった。直也から見れば、弟や妹の面倒をみるような感覚で、レッスンや仕事の成果に一喜一憂する不安定なメンバーたちを、よく食事や遊びに連れていって、さりげなく悩みを聞いたり相談に乗ったりした。

そんな彼らも気がつけば、頼もしい顔つきをするようになっている。デビューして、プレッシャーのかかる現場をいくつも乗り越えてきたことで、少しずつだがプロとして成長しはじめているのかもしれなかった。

――みんな、いい顔してるな。

グループの成長を思うとき、つい顔がほころんでしまう。

「直也君、何をニヤついてるの？」

隆弘が顔を覗き込んでくる。

「ニヤついてなんかいねえよ」

「してるってば」

「してねーよ」

「してるよ」

「ニッシー、しつこい」

ふざけ合っていると、番組スタッフの声がかかった。

「はい。新人賞、行きます！」

いよいよ出番だ。新人賞の四組が発表され、それぞれが受賞曲を歌うことになっていた。

そのあとは日本レコード大賞の候補である優秀作品賞以外の様々な賞が、順番に発表されて対象の歌手が受賞曲を歌う。最優秀新人賞が発表されるのはそれらが終わってからになるので、新人賞を受賞した四組は、しばらく時間が空くことになる。

直也を含めたＡＡＡの男子メンバー四人は、この隙間を縫うように、わずかな時間を使って新国立劇場を抜け出してNHKホールに移動し、紅白歌合戦に出場する鈴木亜美のバックダンサーを務めてくる予定になっていた。

もちろん、最優秀新人賞の発表があるので、それまでにはふたたび新国立劇場に戻ってこなければならない。秒単位で綱渡りのようなスケジュールが組まれていた。

「そんなこと、できんのかよ……新国立からNHKって、何分で往復しなきゃいけないの？」

スタッフと初めて打ち合わせをしたときは、絶対に無理だと思った。どちらも公開の生放送で高視聴率番組だ。もしも出演者が少しでも遅れることがあれば、大変な騒ぎになる。

直也たちAAAは、新人賞受賞曲の『BLOOD on FIRE』を歌った。

控え室にいたときは緊張していたのに、歌いはじめればそれほどでもなかった。むしろ、大舞台に立てる喜びと興奮でアドレナリンが溢れ出て、普段より身体の切れがいいくらいだった。どうやらそれは他のメンバーも同様らしく、光啓や秀太のダンスも身体が宙に浮くほど弾んでいる。

歌い終えてステージの袖《そで》に下がると、直也は衣装も着替えずに、隆弘、光啓、秀太の三人と共に、そのまま会場の裏口へと全速力で走った。紅白歌合戦の出番まで、あと十分を切っている。信じられないようなギリギリのタイムスケジュールだった。

――マジかよ、間に合わねえぞ、これ。

バックヤードの狭い通路を、屋内にもかかわらず、まるで風を切るかのように駆け抜けていく。息が切れる。

心臓が早鐘《はやがね》を打つとは、きっとこういうことをいうのだろう。今にも心臓が破裂しそうなのに、なぜだか頬はゆるんでしまう。楽しくてしかたがない。

振り返ると、光啓と目が合った。瞳が爛々《らんらん》と輝いている。光啓も笑顔だった。

裏口を出ると、四台のタクシーが待っていた。一人一台だ。タクシーに飛び乗る。一人ずつタクシーを手配してもらったのも初めてのことだった。いつだって、定員までつめ込まれていたのだ。

タクシーが走り出す。それぞれのタクシーにスタッフが同乗してくれていて、車内で紅白歌合戦用の衣装への着替えを手伝ってくれた。鈴木亜美が黒ずくめのボディスーツを着るので、バックダンサーは対照的に白一色の衣装になっている。

上着を脱ぎ、ズボンを脚から抜こうとする。足首のところで引っかかってしまった。タクシーに乗るまでは全力で走る必要があったが、乗ってしまえばあとは到着するまでに着替え終わればいいのだから、焦ることはないのだが、それでも気持ちが慌ててしまう。ボタンを留める指が微かに震えていた。

直也と一緒に乗ったスタイリストの女性が、次々と手際よく服を渡してくれた。事前に何度もスタジオで練習していたので、狭い車内でもスムーズに着替えることができた。

タクシーは白バイが先導している。さすが日本の国民的行事の紅白歌合戦だ。

「すげぇな。都内でもこんなにスイスイ走れるんだ。まるで芸能人みたいじゃん」

そのとたん、スタイリストが吹き出した。

「芸能人でしょ」

「あっ、そうか」

今まではあまり意識したことがなかったが、本当に自分が芸能人になったのだと強く感じる。

新国立劇場からNHKホールまで、たった七分ほどで到着してしまった。

スタッフが出迎えてくれる。タクシーを降りると、そのままバックヤードを駆け抜けた。

鈴木亜美の登場まで、もう二分を切っている。時間がない。

「空けてくださーい！　出演者が通りまーす！」

スタッフが大声を上げる。

――うわぁ、なんだこれ。

今までテレビ画面でしか見たことがなかった有名な歌手たちがたくさんいた。日本中の芸能人が集まったのではないかと思えるほどの豪華な顔ぶれだ。

――すげえよ。やっぱ、オーラが違うぜ。

直也は幼いころから二人の姉の影響を受けて、人前でよく歌っていた。直也が歌うとみんながら喜んでくれた。おじさんたちのリクエストで演歌も歌ったし、姉の好きだったDreams Come Trueだって得意としていた。

——なんだよ。あれ、ドリカムじゃん。本物だよ。

本当ならゆっくりと見ていたい。できることなら、握手してもらいたいくらいだ。しかし、今はそんなことをしている余裕はない。大御所たちの間をすり抜けるようにして、直也たちは全力で走った。

「あっ、ごめんなさい！」

誰かに肘《ひじ》がぶつかったようだが、それでも振り返ることなく走りつづける。

——今日は走ってばっかりだな。

ステージ裏に着いた瞬間に、『Delightful』のイントロが流れはじめる。紅組司会者の仲間由紀恵から鈴木亜美の名前が呼ばれた。

呼吸を整える暇もほとんどないまま、直也たちはステージに飛び出していく。

少女たちの大歓声が上がった。もちろんそれは直也に向けられたものではない。そんなことはわかっている。

——やべえ。俺、紅白に出てる。

楽しくて楽しくて叫び出したい。

鈴木亜美を中心にして、バックダンサーたちが踊る。

視界に場内の様子が飛び込んできた。異常な興奮に盛り上がっている。

こんなに大きな会場にもかかわらず、一人ひとりの顔がはっきりと見えた。誰もが笑顔で、瞳を輝かせている。

日本中が注目しているイベントだ。出場歌手の誰もが、このステージに立てることを、心から誇りに思っている。場内の観客も、自分たちが日本中の歌謡ファンを代表してこの場にいるということをよくわかっている。

歌手もスタッフも観客も、ＮＨＫホールにいるすべての人たちが、この大イベントに参加していることで、胸を熱く滾《たぎ》らせているのだ。その熱量が場内に充満していた。

だから、身体が熱い。楽しくてしかたがない。

場内の高揚を全身に受け止めながら、直也は夢中で踊りつづけた。

## 2

遡ること三カ月半。

二〇〇五年九月十四日、待ちに待ったＡＡＡのデビューの日だった。

目が覚めると、天井が見えた。自宅の、自分の部屋。ベッドから身体を起こす。いつもと何も変わらない。見慣れた光景だ。

「あー、暑い」

窓からは、すでに晩夏の強い陽光が容赦なく射し込んでいた。額や首筋に汗を掻いている。九月もすでに半ばだというのに、今日も三十度を超える暑い一日になるらしい。昨夜寝る前にテレビの天気予報で見た、笑顔が愛らしい女性気象予報士の言葉が脳裏に蘇った。

枕元のリモコンを探して、エアコンの電源を入れる。ブーンという鈍い音と共に、送風口から生温《なまぬる》い風が吐き出されてきた。

直也は立ち上がると、寝間着代わりのTシャツを脱ぎ捨てた。毎日のダンスレッスンで鍛え上げた鋼《はがね》のような肉体が、壁際に立てかけられた姿見に映っている。

指先で胸の筋肉に触れてみた。二年間のレッスンの日々で逞《たくま》しく発達した肌色の胸筋が、指の腹をまっすぐに押し返してくる。苦しい日々を耐え抜いた勲章だった。

煙草に火をつけ、肺の奥深くまで吸い込んだ。まぶたの裏側から、ジワジワと温かい波が頭の中心へと広がる。ゆっくりと全身の細胞が覚醒していく。揺らめく紫煙《しえん》の向こうに、鏡に映った自分が笑っていた。

いよいよデビューだ。

直也は灰皿に煙草を押しつけると、シャワーを浴びるためにバスルームへと向かった。

午前中は青山のエイベックスで、取材を何本か受けた。どの雑誌もほとんど同じような質問ばかりしてくる。

――デビューに対する意気込みを教えてください。

――どんなアーティストになりたいですか？

――ファンのみなさんへ伝えたいことは？

画一的な質問は、かえって自分が芸能人になったことを自覚させてくれる。本当にデビューしたのだ。笑顔で質問に答える。

取材が終わると、スタジオに行ってダンスレッスンを受けた。ＡＡＡのメンバーと汗を流す。そのあとは、帰っていいと言われた。

「え、ほんとに帰っていいの？　今日これで終わり？」

メンバーたちも戸惑いを隠せない。

夢にまで見たデビューだというのに、当日になってみると、想像とはだいぶ違った。もっと華やかなイベントやパーティーなどをやるのかと思っていたが、実際にはリリースイベントさえ予定されていなかった。

スタッフに訊くと、たまたまそういうスケジュールになってしまったのだという。デビュー日が正式に決まってからのこの数カ月間があまりにも忙しすぎたので、なんだか拍子抜けしてしまった。

まだ仕事をしていたい気分だが、まあ、こういうこともあるだろう。

することもないので、帰宅することにする。

地下鉄に乗って、地元の駅で降りる。自宅に電話して、夕食を家で食べることを伝えた。

「えっ、そうなの？」

電話の向こうで母は驚いた様子だったが、それでもそのあとうれしげな声で、

「何が食べたい？」

と訊いてきた。

「なんでもいいよ」

「だけど、ほら、あれじゃない……」

「ほんとに、なんでもいいって」

電話を切ると、少し時間を潰していこうと、駅の近くにあるＣＤショップへ向かった。

無意識のうちに、邦楽ポップスのコーナーへ足が向かう。

「おっ、並んでる」

ＡＡＡのデビューシングル『BLOOD on FIRE』が平積みされていた。まわりには誰もいない。それでもつい帽子を目深《まぶか》に被《かぶ》り直してしまう。

「なんだよ。誰も買ってねえじゃん」

まあ、列を成してというわけにはいかないだろう。勝負はこれからだ。

なぜか、ＡＡＡのＣＤの近くには行きづらかった。少し離れたところで、他のＣＤを選ん

でいるふりをしながら、しばらく様子を見ていた。

少しして、女子高生の二人組がやってきた。ＡＡＡのＣＤが積まれている前に立ち止まり、話をしながら手に取って見ている。

鼓動が高鳴る。息が苦しくなった。

――買ってくれ！

何を話しているのかまでは聞こえない。一人がＣＤを手にしたまま、レジのほうへ歩き出した。

――よーし！

心の中でガッツポーズをする。踊り出したい気分だ。

ありがとう、と声に出しそうになったが、慌てて呑み込んだ。思わず後ろから抱き締めてしまいたくなるが、もちろんそんなことはできない。

女子高生たちを見送ったあと、直也はＣＤショップを出た。家路へと向かう足が、気がつけばスキップでもしそうなほど軽やかになっていた。

## 3

紅白歌合戦の出演が終わった。

スタッフが親指を矢印のように突き出しながら、早く走れと合図している。直也はステージの袖に捌《は》けると、息を整える間もなく、ふたたび裏口へと走り出した。隆弘、光啓、秀太の三人もつづく。

「すみませーん！　通りまーす！」

今度も、子供のころからテレビで観てきた芸能界の大御所たちの間を駆け抜けた。待たせたままだったタクシーに飛び乗る。ふたたび白バイの先導で来た道を引き返した。

すぐにスタイリストが衣装を差し出してくる。日本レコード大賞用の衣装に着替えるのだ。NHKホールに来たときとまったく逆だった。

窓の外を大晦日の夜の街が流れていく。対向車線を走る車のヘッドライトが、一瞬視界に入り、眩しさに目を細めた。さっきまで踊っていたステージの上で見たスポットライトが蘇る。

——紅白、出たんだ。

顔がにやけてしまう。

ＡＡＡとして出場したわけではなかった。ステージに上がったのは直也を含めて四名だけで、それもバックダンサーとしてだ。

それでもとにかくＡＡＡが紅白歌合戦のステージに立ったことには間違いない。

きらびやかなステージ。出場歌手たちの独特の緊張感。そして、観客の興奮。

こんなにも素晴らしい世界があるのだ。それを全身で感じることができた。

——いつか絶対、ＡＡＡとして戻ってきてやるからな。

胸中で強く誓った。

タクシーが次々と信号を通りすぎていく。あと一分ほどで、新国立劇場に着く。次はいよいよ日本レコード大賞最優秀新人賞の発表だ。

初台の新国立劇場に戻ると、女子メンバーや真司郎が不安そうな顔で出迎えてくれた。

「もう戻ってこないかと思った」

真司郎が口を尖《とが》らせる。

「そんなわけないだろ」

「来なかったら、半分でやらなきゃならないとこやったって」

軽口を言っても、いつものような冗談には聞こえない。真司郎もさすがに不安だったのだろう。

真司郎はライブのＭＣやテレビではクールな印象が強いが、実際には屈託のない笑顔で一日中でも平気でしゃべりつづけていられるような明るい性格をしていた。それでも不安の色は隠しようがない。

最優秀新人賞候補の四組がステージに呼ばれた。この時点でも受賞者についての情報は、メンバーはおろか、事務所のスタッフもまったく聞かされていない。

――ほんとに誰が獲《と》るか教えてくれないんだな。

芸能界に入るまでは、日本レコード大賞のような大きな賞は、事前に受賞者が決まっているのかと思っていたが、実はそうではないようだ。発表の瞬間まで、本当に何も教えてもらえなかった。

ＣＭが終わった。ジングルが鳴り、司会の堺正章が高らかに声を上げた。

「お待たせいたしました。第四十七回輝く！　日本レコード大賞最優秀新人賞の発表です」

もう一人の司会である綾瀬はるかの、

「それでは改めまして、本年度の新人賞をご紹介しましょう」

との言葉に、小林麻耶アナウンサーが四組の受賞者の名前を読み上げていく。

中ノ森ＢＡＮＤ、О's、HIGH and MIGHTY COLOR の順番に呼ばれ、ＡＡＡは最後に紹介された。

大歓声の中、プレゼンターの堀江貴文がステージにせり上がってくる。右手にブロンズ像のトロフィーを、左手に受賞者名の書かれたカードが入っている封筒を持っていた。

堺が堀江をライブドア社長と紹介した。大舞台慣れした堀江も、さすがに緊張した面持ちだった。ひとしきり挨拶《あいさつ》をしたあと、手にした封筒を掲げた。

――いよいよだ。

静まり返った会場にドラムロールが鳴り響く。

全身にざわざわっと鳥肌が立った。

堀江が封筒を開ける。

「えー、発表します。変わりゆく日本。変わりゆく音楽。第四十七回日本レコード大賞最優秀新人賞は……」

直也は、思わず息を呑んだ。

まだデビューして三カ月だ。さすがに日本レコード大賞の最優秀新人賞を獲れるなどとは思っていない。

――だけど、俺たち本気で頑張ってきたよな。

たしかにデビューしてからは三カ月しか経っていない。それでもオーディションに受かってからデビューするまでのレッスン生時代、メンバーたちはみんな必死で走りつづけてきた。その期間も合わせれば、このメンバーですごしてきた時間は二年にもおよんでいる。

苦しくてもつらくても、ときにはぶつかり合いながらも、それでもみんなでそれを乗り越えてきた。

毎日休むこともなく、スタジオにこもって、歌唱、ダンス、演技の厳しいレッスンに明け暮れた。同じ曲をフォーメーションが決まるまで、何百回も繰り返し踊りつづけた。直也たちの青春は、あのダンススタジオに捧《ささ》げたといっても過言ではない。自分の部屋よりも、スタジオにいた時間のほうが長かったくらいだ。

そんなレッスンの合間を縫って、ストリートライブで全国をまわった。誰も足を止めてくれなくても、無視されても、配ったステッカーをその場ですぐに捨てられても、それでも声を張り上げて歌いながら、力のかぎり踊りつづけた。

デビューが決まってからも、朝から夜遅くまで毎日のようにレッスンと取材がびっしりとつまっていて、その日々に無理やり押し込むようにＭＶ《ミュージック・ビデオ》の撮影が入った。

そんなときも、デビュー前のアーティストは送迎などしてもらえない。たくさんの衣装をつめ込んだ重いバッグを担いで、現地集合、現地解散で、次から次へとロケ現場を飛びまわった。

睡眠不足の中で長時間の撮影をして、明け方に現場で解散となり、始発に乗って寝ながら自宅まで帰ったこともある。

それなのにもうその日の朝九時には音楽雑誌の編集部に挨拶に行かなくてはいけなくて、それが終わったら新幹線に飛び乗って、午後には地方のショッピングモールでライブをやった。その日の夜には、誰が聴いているんだろうって心配になるようなローカル局のラジオ番組に出演して、翌朝の新幹線で東京に帰ってきて、またストリートライブをやったりした。

ホテルもいつだってメンバーで三部屋しか取ってもらえなかった。

女子で一部屋。男子五人が二人部屋と三人部屋に分かれる。

組み合わせは決まっていなくて、毎回、ゆっくりと落ち着いて眠ることができる二人部屋のほうを取り合った。リーダー特権もなければ、年上であることも関係ない。常に本気のじゃんけん勝負だ。

スタイリストもついていないので、メイクも衣装や荷物の管理も、すべて自分たちでしていた。

セカンドシングルの『Friday Party』の衣装をクリーニングに出す暇がなくて、少し汗くさくなってしまったことがあった。

このままでもいいかと思っていたのに、他のメンバーがホテルのバスルームで洗濯しはじめたので、直也もバッグから出してきて一緒に洗った。ホテルの部屋にずらりと並んで干された、ちゃんと絞っていない誰かの衣装から時折落ちる水滴の音を聞きながら眠りに落ちた。

忙しすぎて、翌日のスケジュールさえ自分たちでは把握できない。明日は何をするんですかと、帰り際にいつもスタッフに訊いていた。

取材もレコーディングもレッスンもＭＶの撮影も、いつも全員一緒に行った。他のグループでは自分のパートとは関係のないときはオフになることが多いらしいが、ＡＡＡは他のメンバーが仕事をしているときも必ず立ち会うようにしていた。

レコーディングでは一人ずつ録音していくのを、ブースの外で全員が見ていた。だから拘束時間は自然と長くなるし、肉体的にも精神的にも負担は大きい。それでも同じ時間、同じ空間を共有することが、ＡＡＡにとっては大切だと思っていた。

とにかくがむしゃらに走ってきた。睡眠不足でいつだって眠かったけれど、仕事に集中しすぎて、自分でも眠いことに気がつかないくらい頑張った。

つらく苦しいことはいっぱいあったが、それでもファンの前に立てば、そんなことなどすべて吹き飛んでしまうくらい楽しかった。

――あれ？　どうしたんだ？

堀江がいつまで経っても受賞者の名前を発表しない。

ドラムロールが鳴りつづけている。時間がかかりすぎていた。どうも様子がおかしい。

「えーと……」

言葉を失い、堀江が何かをごまかすかのように苦笑する。

生中継で全国にテレビ放送されているのだ。この異様に長い間《ま》が普通ではないことくらい、新人の直也にだってわかる。何かが起きているのだ。

堀江が言葉につまっている。

――頑張ってー。

――頑張れー。

――頑張れよー。

ざわつきはじめた会場から、次々と堀江を応援する声がかかる。

直也は右隣にいた真司郎と顔を見合わせた。その向こう側にいる光啓も目を輝かせている。

光啓も直也と同じことを考えているのだ。一瞬でメンバーたちの間に緊張が走った。

――もしかして、ホリエモン、名前を読めないんじゃない？

ＡＡＡ以外の三組のグループ名は、素直に英語表記を読むだけだ。ＩＴベンチャーの経営者である堀江が、よもや読めないということはないだろう。唯一、名前が読みづらいグループといえば、それは……。

――俺たちしかいない！

たとえようのない興奮とともに、強い衝撃が全身を襲う。身体中の血が煮えたぎるように熱くなっていく。息ができない。

モニターには、額に汗を滲ませ、目を泳がせた堀江の顔がアップで抜かれている。明らかに動揺していた。戸惑った表情で、目の前の番組スタッフに小声で何かを確認している。

生放送なので、スタッフたちも慌てている。カンペを用意する間もないほど、状況は差し迫っていた。テレビの向こう側で、日本中が注目しているのだ。

ステージの上にいる直也たちからは、実際に何が起きているのか、本当のことは確認しようがない。しかし、もしも想像通りのことが起きているのだとすれば、このあとには大変な結果が待っていることになる。

ふいに、いつだったか実彩子と蟬について話したことを思い出した。

何年もの長い間、暗い地中ですごした幼虫も、やがては地上に出て大空を羽ばたく。あの夏の蝉の声が、聞こえたような気がした。

ステージ下のスタッフがテレビに映り込むことも厭《いと》わず、堀江に向かって声をかける。小さくうなずいた堀江が、ようやくカメラに向き直った。

今度こそ発表だ。

「えーと、いや、はい。ＡＡＡのみなさんです」

その瞬間、直也は無意識に両手を力一杯突き上げていた。

場内が割れんばかりの大歓声と拍手に包まれ、ファンファーレが鳴り響く。

隆弘と光啓が飛びついてきた。隆弘は泣いている。めったに涙を見せることのない光啓も泣いていた。

真司郎が両手を叩いて喜んでいる。直也は三人の身体を強く抱き締めた。

秀太と実彩子がハイタッチしているのが見える。そこへ千晃が泣きながら抱きついていく。

全員で飛び上がり、抱き合って喜んだ。カメラに背中を向けてしまっていたが、そんなことはもうどうでもいい。

――この二年間、必死に頑張ってきた俺たちのことを、見てくれていた人はちゃんといたんだ。

直也は堀江からブロンズ像を手渡された。審査委員長の三木たかしから隆弘が賞状を、秀太が盾《たて》を受け取った。

『BLOOD on FIRE』のイントロが流れはじめる。自然に身体が動いた。

全身の細胞が音楽に反応する。こんなに思いっきり踊ったのは、きっと初めてだろう。

腕がちぎれて飛んでいくんじゃないかと思うくらい、激しく踊った。耳元でメンバーたちの荒い息遣いが聞こえる。熱い鼓動を感じた。

どんなに激しく動いても、少しも苦しくない。ただこのステージに立てていることが、楽しくてしかたなかった。できることなら、このまま永遠に踊りつづけていたかった。

——こいつら、最高だぜ！

曲が終わってステージ裏に下がる。

スタッフやスタイリストたちも、みんな興奮していた。泣いている人もいる。抱き合って、喜びを分かち合った。

この二年間、つらく苦しかったのはスタッフも一緒だったのだ。直也はスタッフと抱き合って、共に涙を流した。

地下の控え室に戻る。

着替えながらケータイを手に取ると、なぜか電源が切れていた。バッテリーの残量がゼロになっている。不思議に思いながら充電器に繋ぐと、百件以上の電話やメールの着信が入っていた。さらに次々と途切れることなく着信がつづく。

「なんだよ、これ？」

親や親戚や友人たちだ。他のメンバーのケータイも同じ状況のようだ。あちこちでメールの着信音やバイブの音がやむことなく鳴りつづけている。

「ステージにいるんだから、電話なんか出られるわけないじゃん」

そう口にしながらも、直也は顔をほころばせる。

みんなが祝福してくれている。

俺たちはこれから昇っていくんだ。

改めて、すごいことなんだと思った。

4

日本レコード大賞の放送が終わると、そのまま解散になった。

このあと、『COUNT DOWN TV』に出演する鈴木亜美のバックダンサーを務める四名は、次は深夜二時までに赤坂のＴＢＳに来るようにと言われた。それまでは自由時間だ。

祭りのあとも、興奮は冷めやらない。まだあと十曲くらい歌えそうだった。スタッフと一緒に打ち上げを兼ねて食事でもするのかと思っていたので、あっさり解散と言われて、直也は拍子抜けした。

真司郎と女子メンバーは、そのまま正月休暇に入った。年が明けて一月二日にはもう仕事が入っているので、たった一日だけの休日だ。

直也は隆弘、光啓、秀太の三人と共に、渋谷の街で時間を潰すことにする。

テンションは異常なほど高まったままだ。日本レコード大賞最優秀新人賞を受賞したばかりなのだ。今でもまだ信じられない。

風邪で高熱を出したかのように、身体が熱く火照《ほて》っている。それなのに頭の中はすっきりと冴えきっていて、何を見ても、何を聞いても楽しくてしかたがなかった。

デビューした当初はおろか、発表の直前まで、まさかこんな大きな賞を受賞できるなど想像さえしていなかった。全身の血が熱く沸き立つようなのも当然かもしれない。

大晦日の渋谷の街は、これから新年を迎えようという若者たちで溢れ返っていた。

渋谷駅のハチ公前から道玄坂方面に、スクランブル交差点を渡ろうとする。人が溢れていて、前が見えなかった。見えるのはカラフルなコートやジャケットをはおった背中ばかりだ。

「この交差点ってさ、多いときはいっぺんに三千人以上が渡るらしいよ」

「うえええー、三千人も？」

光啓の言葉に、秀太が素《す》っ頓狂《とんきょう》な声を上げた。

「今夜はもっといるかもしれないな」

光啓が秀太に笑いかける。

信号が切り替わると、大勢の人たちが一斉に渡りはじめた。四方から集団が交差する。直也たちも人の流れに呑み込まれるように歩き出すが、あまりにも人が多すぎて、すれ違うこともできないほどだ。群衆に揉《も》みくちゃにされる。

「うぉおおおおっ！」

直也は突然叫び声を上げた。どうしても、叫ばずにはいられない。

どうせ周囲は都会の喧噪に溢れていて、直也が叫んでも気に留める人はいない。酔っ払いが騒いでいるくらいにしか思われないだろう。気にすることはない。

実際に、すぐ前を歩いていた同世代の女性が振り返っただけで、他に直也に注意を向ける人はいなかった。

「直也君、どうしたんだよ？」

隆弘が不思議そうな顔で訊いてくる。

「ここにいる人たち、俺たちがレコ大を獲ったなんて、誰も気づいてないんだろうな」

直也が悪戯っぽい笑みを浮かべながらそう言うと、隆弘も手を叩いて笑い声を上げた。

「そうだね。新人賞を獲ったんだね」

「新人賞じゃねえよ。最優秀新人賞だよ」

ずっと繰り返してきたレッスンの日々も、無駄ではなかったんだ。

隆弘が秀太の肩に腕をまわす。

「やめなくてよかったな」

「なんだよ、それ」

「いったいいつになったらデビューさせるんだって、もうやめてやるって、いつも言ってた」

「そんなこと、言ったっけ？」

「言ってたよ」

「覚えてねえよ」

四人で顔を見合わせて大笑いした。

新国立劇場の楽屋を出たとき、番組スタッフが気になることを言っていた。

――レコード大賞の最優秀新人賞を受賞して戻ってきた人って、ほとんどいないんですよね。

戻るとは、優秀作品賞を受賞してレコード大賞の候補としてノミネートされることをいうのだろう。最優秀新人賞を受賞すると、そのあとはアーティストとして売れないというジンクスがあるらしい。

――関係ねえよ。このまま突っ走るだけだ。

この瞬間に三千人がスクランブル交差点を渡っている。今、渋谷を歩いているということは、きっと日本レコード大賞の結果を知らない。それどころか、おそらくテレビさえ観ていなかっただろう。そもそも観ていたとしても、ＡＡＡのことを知っているかどうかも怪しいものだ。

不思議な感覚だった。

「どこで年越しする?」

早稲田大学の学生でもある光啓は、渋谷の街にも慣れているようだ。北海道出身の隆弘と長崎出身の秀太は、祭りのように盛り上がっている大晦日の渋谷の様子に好奇心を隠せず、目を輝かせていた。

「とりあえず、どこかで飯でも食おうぜ」

直也は先頭を切って歩いていく。ファミレスを何軒か当たった。深夜にもかかわらずどの店も営業してはいたが、残念ながらすべて満席だった。

大晦日の渋谷だ。それもしかたないとは思うが、とにかく休む場所を確保したかったし、お腹も減っていた。

ファミレスを諦《あきら》め、食事ができそうな居酒屋を当たるが、やはりどこも満席で入れない。そんなことをしているうちに、時計の針が零時に差しかかる。

「おっ、年が明ける」

道行く人たちも騒ぎはじめた。

「五、四、三、二、一……」

「ハッピーニューイヤー!」

「あけましておめでとう！」

「おめでとう！」

口々に新年を祝い合う。

すぐ近くで、酔っ払った学生の集団がハイタッチをしていた。直也たちもそれを真似て、笑いながらハイタッチをした。

「レコ大獲ったのにさ、パーティーとかじゃなくて、渋谷の路上で新年を迎えちゃったよ」

隆弘が、おもしろそうに言った。

「ストリートライブばっかやってる俺たちには、ぴったりの年越しじゃん」

直也の言葉に、みんなが大笑いする。

「ここ、入ってみない？」

光啓がドン・キホーテを指差した。

「なんか、おもしろそう」

すぐに全員が賛成する。深夜営業をしている大型雑貨店だ。店に入ってすぐのところに、パーティーグッズが所狭しと並んでいた。

「俺たちだけでパーティーやろうぜ」

直也が仮面ライダーの被り物を手にする。

「いいな、それ」

他の三人もディズニーのキャラクターの被り物を選んだ。

購入したマスクで仮装したまま、四人で渋谷の街をぶらぶらと歩く。道行く人が四人をおもしろそうに見ている。指を差している人もいた。

「なんかさ。俺たち、マスクを被ったときのほうが注目されてない？」

隆弘がふて腐れた声で言った。

「新人賞獲ったのにな」

秀太も不満そうだ。

「だから、最優秀新人賞だって」

直也が二人の肩に手をかける。渋谷の街はさらに人が増えてきたようだ。

しばらく歩いて、席が空いている居酒屋をやっと見つけた。四人が席に座ると、直也と同じ歳《とし》くらいの男性店員が注文を取りに来た。

「ドリンクからお願いします」

メニューを見ながら、「俺、コーラ」「ウーロン茶」「それもう一つ」「カルピス」と立てつづけに注文する。

「えっ？　サワーじゃなくていいんですか？」

若い店員が四人の顔を不思議そうな顔で見ている。

このあとすぐに『COUNT DOWN TV』で踊らなくてはならない。そうでなくても、直也以外の三人は未成年だから酒を注文するわけにはいかない。

「それでいいです。食べるものは選んでおくので、まずは飲み物をお願いします」

店員が仏頂面で注文を通しに行った。

「サワーじゃなくていいんですか、だってさ」

隆弘が店員の口調を真似る。

「そんなに驚くことじゃないよな。居酒屋でソフトドリンクだけって、そんなに珍しいのかな」

秀太が、不思議そうに言う。

「新人賞獲ったのにな」

「だから、最優秀新人賞だっつうの」

店員が飲み物を運んできて、テーブルに置いた。

光啓がグラスを手にする。

「乾杯しようぜ」

「何に乾杯するの？」

隆弘もグラスを持ち上げた。

「そりゃ、やっぱり、あれだろ」

秀太がニヤリと微笑んだ。直也がグラスを高々と掲げる。

「最優秀新人賞に乾杯！」

「かんぱーい！」

四つのグラスが、派手な音を立ててぶつかり合った。

そのあと、食事をする。深夜だというのに、誰もが食欲旺盛《おうせい》だった。

「秀太、食いすぎなんじゃねえの？」

「なんか、いくらでも食えそうなんだよな」

「踊ってるときに吐くなよ」

「そんなことしないって」

光啓が直也の取り皿を指差す。

「直也君だって、焼きそば取りすぎでしょ」

「俺は身体がでかいからいいの」

みんなで大声を上げて笑った。

改めて、日本レコード大賞最優秀新人賞を受賞した喜びが湧き上がってくる。それでまた、グラスを掲げて乾杯した。

二年間、いろいろなことがあった。

初めのうちはお互いに考えが合わず、ぶつかってばかりいた。迷い、悩み、うまくいかなくてイライラしていた。ときには心ない言葉を投げかけ、傷つけ合ったこともあるし、本気で胸ぐらを摑み合って喧嘩したこともあった。

怒鳴り合ったことも悔しくて涙したことも、すべては全員が本気で夢に立ち向かっていたからだ。

四人で話していると、あっという間にTBSへ行く時刻になってしまった。会計をして、居酒屋を出る。

――俺たちはもっと上へ行ける。

今はみんな金もなくて、この居酒屋の食事代だって割り勘だけど、それでもこれから上がっていくんだ。

最優秀新人賞を受賞した瞬間に、ステージの上で馬鹿みたいに喜んでいたメンバーたちの姿が思い出された。

その瞬間、虹《にじ》が見えた気がした。

それぞれが違う色に輝きながら、一つになって同じ方向へ進んでいる。

――こいつらと一緒なら、あの虹の向こうにだって辿り着ける。たとえそれがどんなに遠くても、絶対に諦めたりしない。だってみんな、思いっきり本気なやつらだから。

「死ぬ気で頑張ったからって、成功するわけじゃないけどさ……」

三人が直也を見つめる。

「……でも、成功したやつは、きっと、みんな死ぬ気で頑張ったんだよな」

この仲間と出逢《であ》ったことが、何よりも誇らしかった。

――俺たちは、ＡＡＡなんだ。

直也は恥ずかしくなって、仮面ライダーの被り物をつけた。それを見た三人もならう。マスクを被った四人は、胸を張って元日の渋谷の街を歩き出した。

# Chapter3　アシタノヒカリ

# 1

「ちょっと長くなっちゃってもいいかな……」

二〇〇八年九月二十三日。日本武道館のステージの上に、日高光啓は立っていた。

照明が眩しくて、目をしばたたかせる。「AAA 3rd Anniversary Live」二日目のエンディングのMC。七人のメンバーの一人目として、光啓はマイクを握る手に力を込めた。

DVDの収録日のため、撮影用のカメラがまわっている。でも、そんなことはどうでもよかった。

――今日が、あの人にとって最後のライブなんだ。

そう思った瞬間、声が震えはじめた。溢れ出した涙が止まらなくなる。感情が乱れ、言葉につまってしまった。

普段は人前で涙を見せることなどないのに。

――なんでなんだよ。こんなのってあるかよ……。

もう何度も自分自身に言い聞かせてきたことだ。頭では理解し、納得したはずだ。どうせ自分にはどうしようもできないことなのだ。

それでもMCがはじまったとたん、行き場のない怒りと悲しみに、自分を制御しきれなくなる。無力な自分への怒り。そして、明日からも今日と変わらぬ笑顔でステージに立たなければならない悲しみ。マイクを持つ手に力がこもる。

末吉秀太が隣に来て、きつく肩を抱き締めてくれた。その秀太の手も震えている。

光啓の胸に、熱い思いが溢れていった。抑えようとしても、もうどうにもならない。

——あの人がいたから、今のAAAが……いや、今の俺があるんだ。

武道館にいる一万人のファンに、どうしてもそのことを伝えたかった。

＊

「大事な話があるんです」

光啓はチーフマネージャーの白戸を呼び出した。

デビューして間もないころのAAAは、十代が中心のメンバーということもあって、事あるごとにぶつかったり、不平不満を口にしたりしていた。本当の意味で、まだ社会というものをわかっていなかったのだ。それでいてプロとして、大人と同じ責任を求められる。

だから、メンバーそれぞれがマネージャーに悩みなどを相談することも多かった。大きな環境の変化に戸惑い、同時に、どこかでは甘える部分もあったのだと思う。

そんな中でも、ストイックでまじめな性格の光啓だけは例外だった。仕事のことで改まった話を白戸とするのは、これが初めてのことだ。

他のプロダクションで芸人のマネージャーをしていた白戸も、エイベックスに転職してきたばかりで、チーフマネージャーといってもまだ勝手がわからないのか、わざわざ普段はあまり使用しないアーティストルームを打ち合わせのために予約してくれた。お互いに手探りのところもあったのかもしれない。

二人は神妙な顔で見つめ合った。光啓はソファーの上で居住まいを正すと、順を追って話をしていった。

ラップが好きだった。光啓にとって、音楽の原点がラップだった。

文化としても生き様としても、もちろん歌唱法としても、ヒップホップやラップが一番かっこいいと思っている。

暇さえあればクラブに通い、ヒップホップの中に自分の身を置いた。

武者修行とか鍛錬とか、そんなものじゃない。AAAとしては厳しいレッスンに明け暮れる毎日だったが、クラブに行ったりラップをやったりするのは、それがとにかく楽しいからだ。

自分の生き様そのものだといってもいい。

だからこそ、ラッパーとして認めてもらいたいと思う。世の中にラッパーとして飛び出していきたい。

自作のラップをレコーディングしたCD音源を、クラブのスタッフはもとより先輩のラッパーやDJにも片っ端から配りまくった。

「おまえ、これはだめだろ」

あるとき、音源を手渡してあったとある先輩アーティストから、呆《あき》れ顔で言われた。

「えっ、だめですか？」

――いい曲だと思ったのに……。

いったいどこが悪かったのだろうか。

「当たり前だろ。ケータイ番号はねえよ、素人《しろうと》じゃねえんだからさ」

CDにはプライベートのメールアドレスやケータイ番号などの連絡先が書いてあった。どうやら、そのことを言っているようだ。作った楽曲のクオリティに対して、ダメ出しをされたのではないようなので、ほっとして胸を撫で下ろした。

AAAとしてはメジャーデビューしているアーティストでも、ラッパーとしては別の存在であり、いってみれば無名の新人のようなものだ。

デモ音源をクラブの関係者に配るのであれば、そこに連絡先を書いておかなければ、たとえ気に入ってもらえたとしても連絡の取りようがなくなってしまう。それでは意味がない。だから敢《あ》えて目立つように、太字のサインペンで堂々とケータイ番号を書いた。

光啓としては当然のこととしてやったのだが、事務所との契約のことを考えれば、先輩アーティストたちが驚くのも当然かもしれない。

――だけど、俺のラップを一人でも多くの人に聴いてもらいたいんだ。クラブでラップをやるチャンスがほしい……。

生きている中で、自分がやりたいことを本気でやる。シンプルに、それだけのことなのに。ちょうどそのころ、クラブで知り合った先輩たちから、「空のように高く無限の可能性を」という意味を込めて、SKY-HIという名前をもらった。

――やばい。むちゃくちゃ、かっこいい。

この世界の住人として認められたような気がする。

それからは、取り憑《つ》かれたように音楽を作りはじめた。

音楽を作ることに没頭する生活で、その中にクラブがあった。いや、クラブシーンの中に生活があったといってもいいかもしれない。

そもそもプライベートとか仕事とか、そんなものは関係なかった。境界線を引くこと自体が意味のないことで、音楽が自分のすべてであって、それがとても自然なことだと感じられた。

人生の大事なことの多くをクラブシーンから学んだ。ラップをはじめたきっかけになったRHYMESTERとの出逢いもクラブだった。リスペクトする先輩たちとコミュニケーションを深めていく中で、人と人との絆《きずな》の大切さを知っていった。

自分の作った曲のＣＤ音源を配りはじめてから半年ほど経ったころ、渋谷のクラブFAMILY から声がかかった。

ヒップホップとブラックミュージックをメイン・コンセプトに、才能溢れる若手から国内外のメジャーアーティストまでがプレイする人気のクラブだ。

二百人程度の小箱ならではの気取らない雰囲気と独特の一体感がクラブミュージックを愛するコアなファンにはたまらない魅力となっていて、その名の通り家族のような温かいクラブシーンを存分に楽しむことができる。

光啓と十歳しか違わない若い店長が提供する、うまい酒とこだわりの音楽と極上のコミュニケーションが生み出す最高の空間。プロのＤＪも下手なプレイをしたら二度と呼ばれないというほどのハードルの高い店で、ここでやるということは東京のラッパーにとって、とても特別な意味のあることだった。

光啓のラップを認めて初めて呼んでくれたのが、このFAMILYだ。なんと光栄なことだろう。しかし、SKY-HIとしてステージに立つことは、ＡＡＡとしてエイベックスと契約している以上は契約違反になる。

プライベートでクラブに行くことは別に悪いことではない。趣味として音源を作ることも問題ない。だが、クラブのステージに立ち、大勢の観客の前でパフォーマンスをするとなれば、それはまた別の話だ。

やっていることは今までと同じでも、趣味で作っていた音楽が不特定多数の人たちに聴かせるものになったとたんに、それはまったく別の意味を持ってくるのだ。

芸能界では、アーティスト自身が商品だ。厳しい契約のもとに、行動を制約されるのは当然だった。

——それでも、俺はラップがやりたい。

まっすぐに白戸を見つめる。膝の上に置いた手のひらが、気づかないうちに汗ばんでいた。しっかりと顔を上げる。

「今度、FAMILYでやるつもりです」

事の重大さに、白戸の顔色が変わる。

「本気なのか?」

「はい」

「そうか……」

白戸が考え込むように腕を組み、視線を落とした。そのまま何も言葉を発しない。二人の間に無言の時間が流れる。微かな音量で、社内のBGMがドアの外から漏れ聞こえた。

厳しい芸能界では、契約違反はそのまま芸能人としての死にも繋がりかねない。それは充分にわかっていた。

——だけど、それでもやるって決めたんだ。

光啓がそう言葉にしようとすると、それを遮《さえぎ》るように白戸が口を開いた。

「わかった」

顔を上げた白戸の目が、しっかりと光啓を見据えている。

「えっ？」

「だから、わかったよ」

「い、いいんですか？」

思わず訊き返していた。聞き取れなかったわけではない。むしろ、白戸ははっきりと力強い言葉を発していた。だからこそ、耳を疑ったのだ。

「そりゃ、いいわけないだろう」

「じゃあ……」

「だから、黙認ということにさせてくれ。正式に上に承認を取ろうとすれば、間違いなく面倒なことになる。それはわかるな？」

「はい」

「だから、俺で止めておく」

——嘘だろう……？

絶対に怒られると思っていた。白戸はサラリーマンだ。組織の中で生きている。組織ではルールは絶対だ。それを破れば責任を取らされ、組織から排除される。

それはＡＡＡとして生きている光啓も同じこと。契約違反を犯そうとしているのだから、クビを言い渡されてもおかしくない。

白戸は一部上場企業の社員だから、もっとドライな対応をされると思っていた。光啓のような新人のアーティストが、契約以外の活動をしたいと言っているのだ。

社会通念上よく考えてみれば、そこにはリスクしか存在しない。それくらいのことは光啓にだってわかっている。白戸にとっても、だめだと断るのが一番簡単な解決方法だ。しかし、それを敢えて理解した上で、黙って見守ってくれるという。

「そのかわり、俺に約束してくれ。ＡＡＡの仕事は今まで以上に頑張る。絶対に手を抜かない。それから、どこかのアーティストにフィーチャリングとかで呼ばれて金銭が動きそうになったら、すぐに相談してくれ」

「はい。わかりました。でも……ほんとにいいんですか？」

白戸がまっすぐに光啓を見つめながら、ニヤリと笑った。

「だから、だめなんだって。でも、おまえ、やりたいんだろ？」

光啓の身体が震えた。胸の奥を熱い衝撃が突き抜ける。

信じられる人かどうかは、すべては気持ち次第だと思う。しかし、気持ちが大切だと自分で言う人ほど、実際には気持ちがないことが多い。

大人の社会には、うまい言葉を並べて、そこに心がない人はいくらでもいる。むしろ、そういう人のほうが多いかもしれない。

――大人でもこういう人がいるんだ。

白戸が光啓の何を信じてくれたのかはわからない。でも、白戸のことは何があっても信じようと思った。

「やばいです。俺、泣きそうですよ」

「嘘つけ」

まるで一緒に悪戯をしようとしている少年のような笑顔で、白戸が微笑みかけてくる。

――この人を裏切ることだけは絶対にしない。

光啓は心に強く誓った。

2

二〇〇六年九月十三日、ＡＡＡのデビュー一周年を記念して、「AAA 1st Anniversary Live」が日本武道館で行われた。

ＡＡＡにとって初めての日本武道館だ。場内は一万人を超える観客で満員だった。

開演前からバックヤードは熱い盛り上がりを見せている。

「みんな、手を繋いで円陣を組むぞ」

リーダーの浦田直也が声を上げた。メンバーとスタッフが、輪になって手を握り合う。光啓も近くにいたスタッフと手を繋いだ。手が痛むほど強く握られる。スタッフも興奮しているのだ。

直也がみんなの顔を見た。

「武道館、行くぞ！」

「おおっ！」

身体中の血が沸き立つ。メンバーやスタッフによる手拍子と掛け声がいつまでもやまない。興奮した西島隆弘が輪の中で踊り出した。みんなが声を上げて、それを煽《あお》っていく。バックヤードの興奮が最高潮に達した。

「行くぞ！」

ある者はリフトアップで、ある者はワイヤーアクションで、ある者は駆け出して、ステージへと飛び出していった。大歓声に武道館が揺れ動く。数千本のペンライトの光が、夜の海のようにうねっていた。

——ついに、ここまで来たんだ。

『BLOOD on FIRE』のイントロが流れはじめた。光啓がラップを重ねる。その瞬間、AAAと一万人のファンが一つになった。

身体が熱い。大音量に震える空気に触れた肌が、ビリビリと痺《しび》れていく。観客の興奮が切ないほどに伝わってきた。

──俺たち武道館で歌ってるんだ。

前半の曲を歌い終えて、男子メンバー五人がバックヤードに戻る。ステージで女子メンバーが歌っているのがモニターに映っていた。

直也が、ペットボトルのミネラルウォーターを飲みながら、興奮に紅潮した顔を向けてくる。滝のように流れる汗をタオルで拭っていた光啓は、右手の拳《こぶし》を挙げると、直也とグータッチを交わした。

──やっぱすげえよ、武道館。

全力で踊りつづけた。息が切れ、手脚の筋肉が疲労で攣《つ》りそうになる。死ぬほど苦しいのに、観客の歓声を聞くだけで、もっと激しく踊りたいと思ってしまう。身体が勝手に動き出す。

武道館は日本の音楽の殿堂だ。すべてのアーティストにとっての憧れの場所だった。ここでライブをやることが、ずっと夢だった。

デビューしてわずか一年で、そのステージに立った。さすがにメンバーたちも、今まで見たことがないほどに熱くなっている。

「すごいね。俺、なんか泣きそう」

隆弘は冗談ではなく、本当に目を潤《うる》ませていた。

「なんば、言うとっと」

そんな西島をからかっている末吉秀太のほうが、今にも泣き出しそうな顔をしている。こういうところが秀太らしい。

「めっちゃすごいやん。お客さんが降ってきそう」

真司郎も感極まったように目をしばたたかせていた。

これだけたくさんのファンが集まってくれたから、自分たちはこのステージに立てる。光啓も自分の持てるすべてを、武道館のステージにぶつけた。

「おらおら、ひたってないで、女子たちに合流するぞ！」

そろそろ女子メンバーの曲、『キモノジェットガール』が終わる。ヘアセットを終えた直也がステージに上がっていく。

――よし、もう一丁、弾けてくるか！

光啓も駆け出していった。


それから二時間後、光啓は渋谷のFAMILYにいた。

その夜、SKY-HIのライブが組まれていたからだ。

ホールを突っ切っていく。十人ほどの客たちが、音楽にノリながら踊っている。ここでは光啓に気を留める者はいない。先ほどまでの武道館の大歓声が嘘のようだ。

ＤＪが速い曲に変えて、ヒップホップに落としてくる。客のテンションが上がった。クールな選曲だ。やっぱりFAMILYは熱い。

「ほんとに来たんだ？」

光啓に気づいた店長の高山泰史が、そばに寄ってきて耳元で叫んだ。音楽とパーティーと酒をこよなく愛している高山は、光啓が人間としてもリスペクトするＤＪの一人だ。

「俺のライブがあるんだから、来ないわけないでしょ」

「そりゃそうだけどさ。おまえ、さっきまでやってたんだろ？」

わずか二時間前まで、武道館のステージの上にいた。自分でも信じられないほどだ。身体の奥底には、興奮の炎がまだ燃えつづけている。

「あっちはあっち、こっちはこっちですよ」

「よくやるよ」

高山は呆れた顔で笑っている。

「さっき武道館で、ファンからたっぷりエネルギーもらってきましたから」

「元気なのはいいんだけさ、こっちはこんなんだぜ」

顎《あご》をしゃくられてフロアを見渡す。踊っているのは、たった六人だけだ。終電が近くなったのか、かなりの客が帰りはじめていた。

「関係ないっす。自分、客が一人でも喜んでやりますから」

「ばーか。おまえはよくても、こっちは商売になんないの」

高山が光啓の頭を平手で叩いた。光啓も悪戯っぽい笑みを浮かべながら肩をすくめる。

同じ日に二つのライブ。一つは一万人で、もう一つは六人。それでも、どちらも楽しい。

それはまったく別の感覚で、比較できるものではない。

――とことん、楽しんでやる。

この世の中、自然ではないことが多すぎる。そんな生き方はしたくなかった。

光啓にとって、ＡＡＡでありながらSKY-HIとしても生きるということは、商業的な演出でもプロモーションでもなく、ただ自分らしくありたいというだけのことだ。

それでも大人たちの社会は、そんな単純で純粋な思いだけでは成り立っていないこともわかっている。だから、黙認という形で許してくれているマネージャーの白戸には、心から感謝していた。

「そろそろ出番だぞ。熱いやつで盛り上げてくれよ」

高山が笑顔で送り出してくれる。

目の前の客はたったの六人かもしれない。それでも今は、この人たちのために全力でラップをやろう。

光啓は満面の笑みを返した。

# 3

「こいつ、AAAっていうグループでやってるんですよ」

——お、おい。ちょっと待てよ。

光啓は友達の言葉に凍りついた。ラップの世界でずっと尊敬してきた先輩を、友達が初めて紹介してくれたときのことだ。

そこまではよかった。彼にとっても悪気はなく、気軽な一言だったに違いない。

別にAAAとしての活動は恥ずかしいことではなかった。この仲間と一緒にすごしている時間は、何ものにも代えがたいものだ。

しかしそのいっぽうで、悔しいことだが世の中にはAAAを、まるで見世物か何かと勘違いしている人たちがいることも知っていた。せっかく先輩との初対面にもかかわらず、色眼鏡で見られるのはいやだった。

「関係ねぇんじゃねぇ。二十歳くらいのラッパーなんて、だいたいみんなバイトとかしてるでしょ。昼間はコンビニで夜はクラブなのと、昼間はAAAで夜はSKY-HIなのと、別に変わんなくねぇ？」

思わず笑ってしまった。いろいろな考え方があるものだと思ったが、これくらい自然な感覚のほうがなんだか助かるような気がした。

ＡＡＡの日高光啓もラッパーのSKY-HIも一つのものであって、分けて考えるようなものではない。しかし、むしろそれを気にしすぎていたのは、自分自身だったのかもしれない。

――考えすぎてたかな……もっと、ナチュラルにいこう。

光啓は苦笑した。


ＡＡＡとしてデビューして三年目に入った。このころの光啓は、週に二回ほどのペースでFAMILYでライブをしていた。

それ以外にも、あちこちのクラブで行われていたラップバトルに、時間を見つけては参加していた。オープンマイクのあるライブやラップバトルを見つければ、片っ端から出るようになっていた。

その夜も、光啓は秀太と二人で都内のクラブに遊びに来ていた。

メンバーの中でも、なぜか秀太とは馬が合った。どちらからともなく誘い合って、飲みに行くことも多かった。

たぶんきっかけは、「AAA 1st Anniversary Live」のリハーサルのときに、秀太が声をかけてくれたことだ。

初めての日本武道館でのライブだ。メンバーもスタッフも喜びと不安と緊張が日増しに高まっていく中で自分の感情を制御しきれなくなり、些細なことでも衝突するようになっていた。

やらなければいけないことはいくらでもあった。それでも時間はどんどんすぎていく。募る焦燥感に追いつめられていく。

そんなときに、事件は起きた。

光啓はダンスパートの音を作っていた。自分ではいい出来だと思ったが、いざプレゼンしてみると、メンバーには大不評だった。

「なんかさ、噛み合わないっていうか……」

「どういうことだよ」

「うまく言えないんだけど、違うっていうか……」

「なんだよ、それ。うまく言えないなら、適当なこと言うなよ」

「適当じゃねえよ。違うから違うって言ってんだろ」

「だから、何が違うんだよ！」

言い争った末、スタジオからみんな出ていってしまった。

取り残される光啓。いつもなら、こんなに感情的になったりはしない。時間に追われる中で、疲労と睡眠不足が溜《た》まり、つい言葉を荒らげた。

――チクショウ。何やってんだよ。

自分らしくないと思う。

そのとき、秀太だけが一人残っていて、声をかけてくれた。

「俺はいい曲だと思ってるから。頑張ってるのも知ってるから」

素朴な言葉が胸に染みる。

秀太は嘘を言わない男だ。変に気を遣うこともしない。それで誤解されることが多いが、言っていることは信じられる。

隠し事とかかっこつけるとか、たぶん秀太は考えたこともない。一生裏切られない。一生嘘をつかれない。そもそもそんなことはまったく知らない、不器用なくらい純粋な男だ。秀太の言葉は、下手な慰《なぐさ》めや同情なんかじゃない。だからこそ、胸に届いた。

もし彼に何かあれば、そのときは命をかけて助けるつもりだ。

光啓と秀太は、クラブがある地下につづく階段を下りていった。

途中、フロアから漏れ出る打ち込みの音が聴こえてくる。それだけで体温が二度くらい上昇した。

秀太も興奮に目を輝かせている。

すでに何度も通った店で、小さな箱だが雰囲気は嫌いじゃなかった。本気で熱くなれるいい店だ。

最初は、ビールでエネルギーを蓄える。カウンターにもたれかかってコロナをラッパ飲みしながら、フロアの盛り上がりを眺めていた。

空気を震わせる大音量のヒップホップが、肌を通してジンジンと響いてきた。身体が熱くなる。まだ踊ってもいないのに、シャツの中を大量の汗が流れた。

顔馴染みのスタッフが、光啓に気づき声をかけてくる。

「おっ、SKY-HIじゃん」

「ちわす！」

「なんだよ、せっかく来てんならマイク握っていきなよ」

光啓の目が輝く。

「いいんですか？」

「どうせ、やる気満々なんだろ」

秀太の顔を光啓が見ると、ニヤリと笑って顎をしゃくってきた。行ってこい、という意味だ。

光啓はコロナの残りを一気飲みすると、カウンターをあとにする。

光と音の大波を掻き分け、漂うように踊っている人たちの間を突っ切ってブースに入る。

フロア全体を俯瞰《ふかん》した瞬間、自分の中でカチリとスイッチが入る音がした。

気がつけばマイクを力一杯握り締め、口からは膨大な言葉を吐き出していた。

思いが溢れる。もう、自分でも止まらない。鼓動が音楽とシンクロしている。

数十人が踊るフロアが一つになって盛り上がっていった。ゾクゾクする。この瞬間、地球が自分を中心にまわっていると錯覚しそうになる。

息苦しいほど生きていることを実感しているのに、まるで夢の中にいるように気持ちがいい。

——夢なら醒《さ》めないでくれ。

フロアが熱気で飽和していく。最高にクールな時間帯だ。

ステージもすでにフロアと化していて、何人もの客が踊っていた。そんなものを見たら我慢できない。テンションは上がりまくっていた。

秀太に目で合図して呼び寄せる。

「どうした?」

「なあ、ブレイキンとかやったら、超盛り上がるんじゃん」

光啓の意図を察した秀太がステージに駆け上がっていった。光啓もあとにつづく。

二人の派手なパフォーマンスに、会場から大歓声が上がった。全員の視線が二人に釘づけだ。誰も光啓と秀太がAAAだとは気づいていない。

——ああ、熱い。むちゃくちゃ気持ちいい。

SPが飛んできて、

「ちょっと、危ないんでやめてもらえますか!」

と腕を掴まれる。そのままつまみ出されそうになった。

ＳＰの腕を振りほどく。逃げるように、秀太と二人でステージから飛び降りた。

フロアを駆け抜け、壁際のソファーに雪崩《なだ》れ込む。ハアハアと荒い息で胸が上下する。呼吸困難になりそうなほどなのに、少しも苦しくなかった。

——ああ、やっぱり楽しいよ。

秀太と顔を見合わせると、大声を上げて笑い転げた。


光啓は同世代の東京のラッパーの中では、一番多くラップをやっているという自負があった。

量と質は比例する。量を増やしていくことで、音楽の品質が高まっていく。

とにかく経験を積みたかった。貪欲《どんよく》にどんなことでも吸収したい。今はステージを経験するたびに、自分のラップがどんどん上達していくのがおもしろかった。

もちろん、それはスキルのことだけではない。

ＡＡＡとして見てきたこととか、ラップの世界で作ってきたこととか、もっといえば人生そのものが、日高光啓というラッパーを作っていくのだ。だから、まだ光啓の名前さえ知らない多くの人たちに、自分の思いを伝えていくためには、誠心誠意、命をかけてやらないとだめだ。

覚悟というか、意識というか、生き様というか。

昔はもっとテクニック的なことで、うまいラップをすることとか、時事問題を歌詞に込めるとか、そういうことばかりを意識していた。が、だんだんとそれよりも、音楽への向き合い方を大事にするようになっていた。

自分のその変化がどこまで通じるのかを試してみたい。

そんなときに、ラップバトルのビッグイベントがあることを聞いた。

会場となる恵比寿のLIQUIDROOMは、千人が入れるほどの大箱のクラブだ。試金石にするのに、これ以上の舞台はない。光啓は自分の成長をたしかめるために、そしてさらに大きな経験を積むために、参戦することにした。

——マジでやべえよ。

フロアに集まった客たちから、膨大なエネルギーが溢れ出している。今まで出場した中で、一番大きなラップバトルの大会だ。

AAAではもっと大きなステージを何度も体験しているが、ラッパーとして立つのはまた別だった。緊張してきた。そのいっぽうで、ワクワクもしてくる。漲《みなぎ》る熱い思いをラップに込めて、思いきりぶつけたい。

ラップバトルがはじまった。

フリースタイルで交互にラップを刻んでいく。光啓は一回戦から会場に火をつける。

初戦の相手は光啓と同年代の男だ。

独特の韻《いん》を踏んでくる。もちろん受けて立つ。押韻《おういん》対決だ。

これを経験の差で圧倒する。観客を味方につけ、そのままの勢いで相手を呑み込んだ。

二回戦はベテランラッパーが相手だった。

独特のタイミングやイントネーションで変則的なフロウをしてくる相手には、敢えて胸に響くキャッチーなリリックをぶつけて対抗する。表面的な言葉だけでなく、言葉と言葉の狭《はざ》間《ま》にある見えない言葉にも思いを込める。

ステージはプレーヤーだけのものではない。観客と一緒に作るのだ。二回戦の相手も見事に打ち砕いた。

次々と順調に勝ち上がっていく。気がつけば、決勝まで進んでいた。決勝の相手は、なんと光啓の友達だった。

久しぶりに会った友達の顔は、重圧に強張《こわば》って見えた。

LIQUIDROOMのラップバトルで優勝すれば、確実にラッパーとしてのステイタスは上がる。光啓としても勝ちたい試合だったが、向こうも必死の形相をしていた。

ステージに上がる。観客たちはすでに温まっている。決勝戦ならではのいいヴァイブスが出ていた。観客全体が一つになっている。これをどちらが味方につけるかが、勝敗を左右するのだ。

――いいじゃん、これ。

楽しくてしかたがなかった。

息が上がり、脈が速まる。体温が高まっていくのが気持ちいい。次々と言葉が産み落とされ、無限とも思えるほどに溢れ出てくる。

スキルの差は歴然としている。

ライムはバッチリ決まって、リリックもイカしている。光啓のフロウに会場が揺れていた。

――いける。

光啓はさらに畳みかけた。そのときだった。

「こいつ、ＡＡＡやってんだ」

相手がいきなり試合に関係のない話題を突っ込んできた。一瞬にして、観客たちの表情が変わる。

ＡＡＡって何？　フロアがざわついていた。

相手は微妙な空気の変化を読み取って、さらにそこを突いてくる。光啓がＡＡＡとして活動していることを、次々とラップに折り交ぜながらディスってきた。

――クソ、ふざけんなよ！

汚いリリックで罵《のの》り合うのは、ラップバトルの常道だ。だが、友人にも公表していないことを大勢の面前で暴露されるのはこたえた。

思いきり睨《にら》みつけてやったが、相手はやめるどころか、光啓が動揺したと勘違いしたようで、さらに調子に乗って煽ってきた。

腸《はらわた》が煮えくり返ったが、挑発には乗らない。いつも通り、自分のラップをするだけだ。顔に笑みさえ浮かべて、完璧なアンサーを返していく。それが気に食わなかったのか、相手はますますＡＡＡの話題を突っ込んでくる。

今ここに立っているのはSKY-HIであって、ＡＡＡの日高光啓ではない。自分の中ではそれは一つのことでも、会場にいる観客の中ではそうではない。

ＡＡＡのライブに来てくれて、光啓のグッズをつけているようなファンでも、SKY-HIの曲を聴いたことがない人はたくさんいる。

いっぽうで、SKY-HIのラップを支持してくれる人でも、ＡＡＡについてはほとんど知らないという人は多い。これをいきなり結びつけようとすれば、客は混乱する。

——違うんだ。

だが、光啓の思いをあざ笑うかのように、それまでの会場の空気はおかしなほうへと流れはじめた。

——なんでだよ……。

誰がどう聴いても、ラップでは完全に勝っていた。自分でもいいラップだと思った。

しかし、小さな歯車が一つ嚙み合わなくなっただけで、全体の動きがギクシャクしてしまう。それがライブというものだ。狂いはじめた空気は、もう元には戻らなかった。

観客判定の難点かもしれない。一度おかしくなった流れが、そのまま評価になってしまった。

結局、光啓は負けた。

あいつの勝ち方はどうなんだよ？　と、試合後に憤慨してくれる人は多かった。SKY-HIを優勝にしろよという声もたくさん聞こえてきた。それでも、結果として光啓が負けたのは事実だった。

過去を振り返っても得るものはない。理由があるから勝てなかった。それがすべてであって、それ以上でもそれ以下でもない。死ぬほど悔しかったが、負けは負けだ。

リベンジする唯一の方法は成功することだ。前へ進むしかないのだ。

世の中のすべてのことは、人生における勉強だ。生きていて日々起こることに、学びがないことなど一つもない。

生きていればうまくいかないことはたくさんある。

きっと成功よりも失敗の数のほうが、はるかに多いだろう。

それでも人は前に向かって歩き出さなければならない。転んだからといって起き上がることを諦めれば、前へは進めない。

だから、つらいことも苦しいことも悲しいことも納得できないことも、どんなことでもネガティブに受け取ることはしない。いやなことがあったときも、これから自分は何を学べばいいのかと思う。

ラップバトルに負けたことは悔しかったが、決して負け惜しみではなく、堂々と戦ったことには悔いがなかった。

——無駄なことなんて何一つないんだから。

その証拠に、事件はそれだけでは終わらなかった。

皮肉なことに、やはりその後の周囲の評価は光啓のほうが高くて、結果としてSKY-HIの名前が売れることになった。

日本人は悲劇のヒロイズムが好きなのかもしれない。

この敗戦を機にSKY-HIは多くの有名ラッパーから認められる存在になっていった。

4

二〇〇八年八月。a-nationの大阪公演が終わった日、光啓たちは新幹線で東京に向かっていた。

女子メンバーは別の仕事があったため、一足早い新幹線で帰京していたので、男子メンバー五人とスタッフが一緒だった。

新幹線の窓を滝のような激しい雨が叩く。外の景色はほとんど見えない。強い風で幾度となく車体が横に揺れた。大型の台風が近づいている影響で、東海地区は大雨に見舞われていた。

新幹線が三島駅で停車してしまう。

「おっ、どうしたんだ？」

帽子を目深に被って寝ていたリーダーの浦田直也が、寝ぼけた顔を上げた。

「停まっちゃったよ」

ずっと音楽を聴いていた西島隆弘が、ヘッドフォンを外した。

「ここ、どこだよ」

「三島だって」

睡眠を妨げられて少し不機嫌そうな直也に、最年少の真司郎が答える。

「三島？　なんでそんなとこで停まるんだよ？」

「俺に言われてもわかんないよ」

新大阪発ののぞみは、名古屋を出たあとは新横浜まで停車しない。三島は停車駅ではないはずだった。

他の乗客たちも騒ぎはじめている。そこへ車内放送が流れた。

録音されたものではなく、車掌が生の声でしゃべっている。少し慌てた様子で、何度も言葉につかえながら状況説明をはじめた。

どうやら暴風雨の影響で、翌朝まで運転再開の目処《めど》が立たないらしい。

「まずいじゃん。どうすんの？　明日ってどんな予定だっけ」

直也が両手を挙げて背伸びをする。言葉ほどは切迫した様子はない。むしろ、状況を楽しんでいるようにさえ見える。他のみんなも同様だ。

被害に遭っている人には申し訳ないが、どうやら台風は、人の気持ちを高揚させるらしい。

チーフマネージャーの白戸が、他のスタッフに指示を出している。急遽《きゅうきょ》、三島駅で下車し、ホテルを探すことになった。

スタッフが手分けして電話をかけまくり、近くのホテルに今夜の宿を確保することができた。

安心するとお腹が減る。スタッフとメンバーで食事をしようということになり、光啓はみんなと一緒に三島駅を出た。

激しい風に身体が吹き飛ばされそうになる。ほとんど横殴りの雨に、すぐに全身がびしょ濡れになった。

これ以上歩くのは、とてもじゃないが無理だった。近くの焼肉店に入った。

席に着くと、すぐに生ビールやジュースの注文をする。大阪公演の成功を祝した打ち上げということになり、みんなで盛大に乾杯をした。

炭火に炙《あぶ》られ、肉が煙を上げる。焼き肉を食べながら、みんなで酒やジュースを酌《く》み交わした。メンバーは若いだけに、食欲も旺盛だ。日頃から激しいレッスンで身体をいじめ抜いていることもあってか、誰もが肉には目がない。網の上の肉を我先にと奪い合うように食べていた。

真司郎と直也がふざけ合っている。

「あっ、それ、俺が焼いてた肉やん」

「だったら肉に名前を書いとけよ」

「ちゃんと見なかったやろ？　裏にアタエって書いとってんで」

「嘘つけ！」

大阪公演が無事に終わったばかりで、誰もがほっとしていた。解放感からか、会話も弾んでいる。

「白戸さん、ビール足りてますか？」

あまり飲んでいないように見えた白戸に、光啓は声をかける。すると白戸が急に表情を引き締め、みんなに向かって話しはじめた。

「みんな、ちょっといいか」

男子メンバーたちは、白戸のただならぬ様子に何ごとかと、グラスやジョッキを置いた。

「今度の武道館の『3rd Anniversary Live』を最後に、俺も含めてＡＡＡのスタッフ全員が異動になることになった」

光啓は思わず立ち上がった。背後で椅子が倒れる音がするが、そんなことはどうでもよかった。

「はっ？　全員異動ってどういうことですか？」

「…………」

「嘘でしょ？」

最初は白戸がＡＡＡのメンバーたちをからかっているのかと思った。しかし、他のスタッフたちが苦しそうに顔を伏せたのを見て、それが酒の席の冗談などではないとわかる。

直也が拳をテーブルに叩きつけた。バーンと激しい音が響く。何ごとかと店員が様子を覗きに来たが、光啓たちの重苦しい雰囲気を察したのか、すぐに逃げるように戻っていった。

「なんでなんですか！」

隆弘の唇が震えている。日頃は穏やかな印象が強い隆弘だが、音楽に対する思い入れは誰にも負けないくらい熱い。

「それって、俺たちが売れないからですか？」

「そういうわけじゃないが」

「だって、全員異動なんて、それしかないじゃないですか？」

「いや、それは……」

隆弘の言葉に、白戸が言葉を濁す。

会社は営利を追求する組織だ。業績が上がらなければ改善のために手を打つ。社会では当たり前のことかもしれないが、それが自分たちの身に降りかかってくるなど、今までは考えもしなかった。

自分たちの甘さを思い知る。隆弘が泣いていた。秀太も直也も、めったに涙を見せることのない真司郎までもが泣いている。光啓も声を上げて泣いた。

薄々と感じていた、自分たちの現状を思い知った。まだまだ会社の期待するところまでいっていない。厳しい大人の世界の論理を突きつけられるまで、わかっていないながら気がつかないふりをして甘えていたのだ。責任は自分たちにあるのに、スタッフの人たちが、全員責任を取らされることになるとは……。

「これって身代わりじゃないですか！」

光啓は白戸に訴える。

「そうじゃない。俺たちだって、責任を持って仕事をしてきたんだ。それはおまえたちと変わらない」

――だから、責任を取らされるのか。

「だけど……それでもこんなのって……」

「なんとかならないんですか？　俺たち、なんだってやりますから」

光啓の言葉に、白戸が黙ったまま首を横に振った。

「組織が強くなるには、新陳代謝が必要なんだ。これはみんなが前に進むための、発展的な組織改革だ」

事実の大半は、白戸の言っている通りなのだろう。どこの会社にだって、定期的な人事異動はあるものだ。しかし、誰も白戸の言葉に納得などしていなかった。彼自身、唇を強く噛み締めている。

――俺たちのせいだ。

悔しくて悔しくて、涙が止まらなかった。

光啓だけじゃない。全員が号泣している。メンバーもスタッフも思いは一つだった。

他のテーブルの客たちが、何ごとかと不審げにこちらを見ているが、まったく気にはならない。

「くそっ！　なんでだよ……」

光啓はきつく拳を握り締める。爪が手のひらに食い込んだ。

ラッパーとしてFAMILYに出たいと、白戸に初めて相談したときのことが脳裏に蘇る。

絶対に反対されるものだと思っていたのに、白戸は拍子抜けするくらいあっさりと、光啓の思いを受け止めてくれた。

そういえばいつだったか、RHYMESTERの宇多丸に言われたことがあった。

「SKY-HIの奇跡っていくつかあるけど、その一つは、エイベックスが日高を放置したことだよな」

SKY-HIが存在できたことも、ＡＡＡの日高光啓が今のポジションを見つけることができたのも、光啓が好きなラップをつづけることを許してくれた白戸のおかげだった。白戸がいなかったら、いったいどうなっていたか、想像さえつかない。

十代のころに出逢う人によって、人生は大きな影響を受ける。

信じられる人とすごした時間は、何ものにも代えがたい。

人生には出逢いがあれば、必ず別れもある。悲しい別れには、心が痛む。でも、それは人が生きていく上での成長痛のようなものだ。この痛みを乗り越え、強くなっていくことが、成長を助けてくれた人への恩返しになる。

——俺がもっと強くならなくちゃだめなんだ。

頬を伝う涙を手の甲で拭うと、光啓は顔を上げた。

5

「ちょっと長くなっちゃってもいいかなぁ……」

光啓の言葉に、日本武道館が揺れるほどの大歓声が湧き起こった。ゆっくりと客席を見渡していく。アリーナの女の子が、両手を握り締めて見つめていた。

本当ならこれはプロの仕事として、やってはいけないことかもしれない。そもそも光啓がここで何を話そうと、もうどうにもなるものではない。

そんなことはわかっていた。それでも、言わずにはいられなかった。

日本武道館の一万人を超えるファンに、思いのすべてを伝えたい。

白戸がいなければ、今の自分は間違いなく存在していない。SKY-HIとしてラップをやっていこうとしたとき、もしも白戸が庇《かば》ってくれなかったら、自分もＡＡＡも、もっと別のものになっていただろう。

クラブシーンだったりヒップホップだったりに傾倒していく中で、ＡＡＡとしての日高光啓の役割や存在価値を創造していった。

たとえば仕事と恋人の関係などとよくいうが、仕事が忙しくて恋人を大切にできないような男はやっぱりかっこ悪いと思う。恋人を愛することで、さらに仕事も頑張れるのと同じように、SKY-HIとして生きる自分の存在があったからこそ、ＡＡＡの日高光啓も自分らしい成長をしていけたのだ。

そんな生き方を認めてくれたのが白戸だった。

——それなのに……。

成し遂げたわけではなかった。まだまだこれからだった。

一周年のときは無料招待だった日本武道館のライブも、ようやくビジネスになりはじめたところだ。これからもっと頑張って、ＡＡＡはヒット曲をたくさん出して、白戸に恩返しをしようと思っていたのだ。

光啓は、一万人のファンに語りかける。

「ＡＡＡって、みんなが知らないたくさんの人が支えてくれていて、ここまでＡＡＡを作ってくれていて、今日の……今日のライブが終わったら、離れていってしまうスタッフの人たち……みんなが知らないそういう人たちがいたおかげで、俺ら三年間やってこれたっていうのを知ってほしいし……なんか、そういうのも全部含めて愛してほしくて……もちろん、みんなが知らないそういう人も含めて、ＡＡＡにかかわってくれたすべてのスタッフやファンに感謝してる。本当に、ありがとう」

強い照明が眩しい。溢れた涙で、視界が滲んでいく。ライブで泣いたのは初めてだった。

――ねえ、白戸さん。あなたが決して逃げなかったこと、俺の夢を一緒に信じてくれたこと、大人の生き方を見せてくれたこと、俺は忘れないよ。俺たち、絶対に夢を摑むから。

白戸はきっとモニターを観ているだろう。

光啓はカメラの向こうの白戸に向かって、思いきり笑いかけた。

# Chapter4　逢いたい理由

# 1

「ちい、あたし泣きそうになっちゃったよ」

ミコがアイブロウで長く引いた眉《まゆ》を、ちょこんと右側だけ上げるときは、彼女が本当に悲しんでいる証拠だ。

穏やかな日差しが降り注ぐ冬晴れの午前中、伊藤千晃はスタバのキャラメルマキアートに唇を寄せながら、小さく溜息をついた。

南青山にあるスタバは二メートルほどの背丈の観葉植物に囲まれたウッドデッキがあって、オープンカフェ気分でコーヒーを楽しむことができるから好きだ。風のない陽だまりにいると、コートのボタンを外したくなるくらい暖かい。

道行く人は誰もが忙しそうで、伊達眼鏡《だてめがね》をかけたくらいで変装といえるようなことはほとんどしていない千晃でも、じろじろと見られるような心配はない。

デビューして三年がすぎ、ひところほどの忙しさはなくなったものの、それでもなかなか休みが取れないなかで、千晃の久しぶりのオフに合わせて友達のミコも仕事を休んでくれた。

持つべきは話のわかる親友だ。おかげでオフの一日を、のんびりとショッピングで楽しむことができる。

ところが今日は少し雲行きが怪しい。待ち合わせのスタバには、いつもは時間にルーズなミコが先に来ていて、千晃が椅子に座るなり、まじめな顔つきで訴えてきたのだ。

「そんな恐い顔してると、皺が増えるよ」

彼女の言いたいことはなんとなく察しがついたので、千晃は冗談めかしてはぐらかしてみるが、どうもうまくいきそうになかった。今日のミコは真剣モードだ。

「皺なんかないよ。だいたい、ちぃのことを本気で心配してる親友に対して、よくもそんなひどいことが言えるよね」

中学生と間違われそうな童顔を中華まんのように膨らませてミコが怒る。そんなことを言ったらますます怒られそうなので、さすがにこれ以上は茶化さない。

芸能界とはまったく関係のないミコは、千晃にとって心を許せる大切な友達の一人だ。

ＡＡＡのライブにも、よく来てくれる。彼女が憤慨しているのは、最近のライブの様子が原因なのだ。

「やっぱり、わかっちゃうのかな?」

「そりゃ、わかるよ。ファンはみんな見てるからね。ＭＣのコーナーなのにちぃが一言もしゃべらなかったり、次のＭＣでは他の人がずっと黙ってたり。今までしゃべってた人が、ある人がしゃべりはじめたら急に黙っちゃったりさ。ＡＡＡってさ、どんだけギクシャクしてんの？」

「別に仲が悪いとかってわけじゃないんだけどね」

ミコに気づかれないように、千晃は小さな溜息をつく。

「とにかく、あたしはちいのことが心配なの！」

ミコがストローを噛みながら、音を立ててフラペチーノをすすった。

――あーあ、本気で怒っちゃってる。

胸の前で両腕を組み、眉根を寄せて本気で憤慨しているミコには申し訳ないと思いつつも、彼女が一生懸命に心配してくれている様子があまりにも微笑ましくて、つい頬をゆるめてしまいそうになる。本当にいい友達を持ったと思う。泣きそうになってしまうくらいだ。

「ミコ、ありがと」

千晃はミコに笑みを返しながらも、ふたたび溜息をついた。

＊

二〇〇九年、三周年記念のツアーが終わり、マネジメントスタッフが一新されて、ＡＡＡは新しい体制で活動を開始していた。

日本武道館で行われた「AAA 3rd Anniversary Live」二日目のエンディングのＭＣで、メンバー全員が号泣しながら、異動になるスタッフへの感謝を言葉にしてからまだ三カ月半しか経っていないというのに、まるで何ごともなかったかのように、毎日がすぎていく。ともすれば、日常に押し流されそうになる。日々、小さな迷いや戸惑いが蓄積される。それなのにデビューのころから一緒にやってきたスタッフたちが、短い期間で次々と変わっていったことで、メンバーたちも誰を頼っていいのかわからなくなっていた。悩みや苛立ちをどう処理していいのか、誰もが困惑しているように見えた。

それでも仕事は次から次へと押し寄せてくる。真っ暗闇の中、手探りのままで走りつづけているような気がした。

そんなとき、千晃はスタッフから提案を受けた。

「男女のグループって難しいから、今のうちに分かれて活動したほうがいいんじゃないか？」

耳を疑った。

「それって、解散ってことですか？」

「解散っていうよりは、発展的に次のステージにステップアップっていうか……」

まだ具体的な計画というレベルの話ではないようだ。あくまでも一つの可能性としての相談らしい。それでも千晃の胸は、刃物で突き刺されたかのように鋭い痛みに襲われた。必死で積み上げてきたものが、足下からグラグラと揺れはじめている。

——私たちが売れないからだ。

デビューして三年以上がすぎていた。もう新人とはいえない。それなのに、なかなか大きなヒットが出なかった。

思うようにファンが増えていかない。

その理由の一つが、若いメンバーによる男女混合グループの常として、恋愛の噂が絶えないことだった。

様々に組み合わせを変えながら、メンバー同士の男女関係がネット上に広がった。もちろん根も葉もない噂で、実際にはメンバー同士の恋愛などない。

それでもそんな状況は、若いファンからすれば、おもしろいはずがないだろう。結果として、グループへの共感が広がりづらいのかもしれない。

分かれて活動したらどうか、というスタッフの提案が心に重く伸《の》しかかる。

――男女が一緒のグループって、やっぱり難しいのかな。

口には出さないが、他のメンバーたちも、そういう雰囲気を感じているようだった。

メンバーの中に、ヒットが出ないことへの苛立ちがどんどん蓄積されていく。デビュー当時から一緒に仕事をしてきたスタッフもいなくなって、メンバーはその捌け口をどこに求めればいいのか、わからなくなっていた。

そんな千晃にも転機が訪れる。

二〇〇九年の後半から、西島隆弘、宇野実彩子、浦田直也の三人のメインボーカルに次いで、少しずつだが千晃もボーカルパートを担当するようになったのだ。

ところが、今まではコーラスとダンスだけだったのが、歌で参加するようになったとたん、ネットで激しいバッシングを受けた。突然の変化に、ファンも戸惑っていたのかもしれない。

ものすごい叩かれようだった。

〈メインボーカルは三人でよかったのに。〉

〈なんか違うんだよな。〉

〈伊藤千晃が入ったからおかしくなったよ。〉

〈あんなやついらない。〉

そういう書き込みを、ネットでたくさん目にした。

初めて見たときは、あまりのショックに、思わずパソコンの電源を落としてしまったほどだ。マウスを持つ指が震え、息をするのも苦しくなった。

――恐いよ……。

見ていないだけで、きっと他にもたくさんあるはずだ。世界中のパソコンに、千晃への悪口が表示されているかもしれない。そう思うと、不安で眠れなくなった。

そのころからだ。歌っていても、思うように声が出なくなった。

ライブのＭＣであまりしゃべれなくなったのも、それが原因だった。

気にしないようにしていても、どうしても誹謗《ひぼう》や中傷をする書き込みが目についてしまう。そのたびに、跡形もなくなりそうなほどに心が押し潰された。

――私って、ＡＡＡのなんなのだろう？

ファンのみんなの笑顔が見たくて歌ってきたはずなのに、頑張れば頑張るほど、たくさんの厳しい言葉を投げつけられるような気がした。

――私はここにいるべきじゃないのかも。やっぱり、男女分かれたほうがいいのかな。

こんなはずじゃなかった。何かが違う。

心が千切れてしまいそうだった。

2

二〇一〇年はＡＡＡにとっても、大きな変化が訪れた年だった。小室哲哉が復帰第一弾として、曲を書いてくれることになったのだ。

音楽業界で一つの時代を作った偉大なプロデューサーである小室が、自分たちをプロデュースしてくれる。尊敬などという言葉をはるかに通り越して、大スターとして憧れてきた小室と一緒に仕事ができる。

――きっと、これでＡＡＡが変わる。この曲をきっかけにして、もう一つ上の階段を上るんだ。

ファン層も広がるだろう。メディアでも大々的に取り上げられる。未来に輝かしい道が開けたような気がした。

みんなで喜び合った。よどんでいた空気が、瞬く間に澄んでいく感覚。グループの雰囲気も一気に明るくなった。小室がチャンスをくれたのだ。

小室が書いてくれたのは、『逢いたい理由』という曲だった。

——これ、すごいよ！

初めてデモ曲を聴いたときの衝撃は、凄《すさ》まじいものだった。感動などという言葉ではとても言い尽くせない。どこまでも小室哲哉の世界観でありながら、ＡＡＡの魅力をも存分に引き出してくれている。こんな曲をずっと待っていた。小室がこの曲を書いてくれたことに、心から感謝したかった。

しかし、『逢いたい理由』が千晃に与えてくれたものは、それだけではなかった。この曲から、千晃は完全に四人目のメインボーカルとして、パートを割り当てられることになったのだ。

——どうして、私が？

正直にいって、喜びより戸惑いのほうが大きい。どうしていいのかわからない。

小室がなぜ自分にその役を与えたのか、いくら考えても答えは出なかった。

レコーディングを終え、ファイナルミックスのときに、麻布のレコーディングスタジオで小室と会うことになった。

柔らかな間接照明が灯《とも》るコントロールルームに入ると、ミキシング・コンソールの前に座っていた小室が顔を上げ、穏やかな笑顔を向けた。

伝説のプロデューサーとの初対面に、メンバーの誰もがガチガチに緊張している。ところが小室はテレビで観たときのままの気取らぬ様子で、話しかけてくれた。

「最終的に作ってみたんだけど、聴いてみて、思ったことはなんでも言っていいからね。もっと声を前に出してほしいなら、君たちの感覚を優先するよ……」

小室の言葉に、メンバー全員が驚いた。顔を見合わせながら、なんと答えればいいのかわからずにモジモジしてしまう。それはそうだろう。天下の大プロデューサーが、楽曲制作では素人同然の千晃たちに意見を求め、それを優先すると言っている。

「……これは君たちの曲なんだから」

穏やかで優しげで、でも自信に満ちた小室の声が胸に染みる。

自分が作り出すものに自信があるはずなのに、小室は千晃たちの感覚を尊重すると言ってくれたのだ。

――この人、本当にすごい。

小室の言葉が、千晃の頭の中で何度も反芻《はんすう》される。小室は自分の感性に自信を持っている。

だからこそ、他人に何を言われても動じることがない。

たしかな自分があるから、他人を許容できる。そして自分を持っているからこそ、多くの人に魅力に満ちた発信ができるのだ。

――そうだ。私が自分自身を信じてやれなくて、誰が私を好きになってくれるというのだろう？

真っ暗だった視界に、一筋の光が見えた気がした。小室の言葉を聞いているうちに、不思議と勇気が湧いてくる。

――歌うことで叩かれたっていいじゃないか。自分が好きと言えることを、まっすぐに貫くんだ。下手《へた》だと言われるなら、死ぬほど練習してやる。だめだと言われたっていい。やっぱり、私は歌が好きなんだから歌わせてよ。

自分の気持ちに正直に生きたい。それしかない。それしかできない。

千晃は視線を上に向けると、大きく息を吐き出した。

3

「お疲れ様です」

テレビ局での番組収録を終え、メンバーやスタッフと別れると、千晃はタクシーに乗った。

今日の最後の仕事は、人気の歌番組への出演だった。

ヒットチャートを賑《にぎ》わせている旬なアーティストたちとの共演は、コンサートホールでのライブとは異質の高揚がある。ファンと一体になってステージを作っていくライブの感動とは比べることはできないが、いっぽうではテレビならではの華やいだ世界に身を置ける喜びは間違いなく存在した。

ややもすると見失いがちだった自分たちの価値を、改めて感じさせてくれる。それもこれも、『逢いたい理由』のおかげだった。小室がくれたこの曲が、AAAのメンバーたちにどれほど勇気と希望をくれたかわからない。

タクシーのシートに深く身を沈めると、ゆっくりと目を閉じた。車の振動に身を任せる。さっきまで歌っていた『逢いたい理由』が、頭の中で流れ出した。自分のボーカルパートになると、声を出さないように唇だけを動かして歌ってみる。

何百回も歌ってきた曲なのに、それでも新たな感動が湧き起こる。ゾクゾクと全身が粟立つようだ。

小室は、揺るぎない自分を持っていた。だからこそ、誰よりも自分を信じている。自分の存在価値を信じているといってもいいかもしれない。

——私は自分の何を信じればいいのだろうか？　AAAでの私の存在価値ってなんなのだろうか？

そもそも伊藤千晃らしさがなんなのかがわからない。

自分らしく生きたいと思う。それにはまず、自分が「伊藤千晃」のファンにならなければいけない。自分が世界で一番のファンとして、全力で応援するのだ。

――でも、私ってどんな存在なの？　私には何ができるんだろう？

いくら考えても答えの出ない問いに、千晃は深い溜息をついた。


小室のように、自分に向き合って生きたい。その思いは千晃の中で日増しに強くなっていった。

このままではいけない。自分のことをもっと好きになりたいし、そのために、変わりたいと思う。でも、どう変わればいいのだろうか。

千晃が出した答えは、ファッションだった。

――私は、ファッションが好き。それしかない。伊藤千晃というフィルターを通して、ファッションの楽しさをみんなに伝えたい。

そう決めると、さっそくファッションについて勉強をはじめた。

ただかわいい服を着るというのではだめだ。ファンのみんなに「千晃ちゃんといえばファッションだよね」と言ってもらえるくらいに、自分自身で確固たる世界観を作り上げたい。

千晃のファッションって楽しいよねとか、千晃ちゃんの今日のメイクが好きとか、そう思ってもらえるにはどうしたらいいのだろうかと、いつも思い悩むようになった。

——どこからはじめればいいのかな？

何もかもが手探りだった。

とりあえず、自分が持っていた服やバッグや靴、アクセサリーなどの持ち物を片っ端からノートに書き出してみる。趣味で買い集めたものもあれば、仕事の関係でもらったものも多い。親しい友人からのプレゼントもあった。改めて並べてみると、かなりの数だ。

次にそのブランドの由来や特徴、それに誰がよく着ているかなどを徹底的に調べていった。暇さえあればスタイリストにも質問をし、様々なコーディネートを教えてもらって、それをノートに書き留めていった。

仕事が終わって帰宅してから、毎晩欠かさずノートに向かう。

インターネットや雑誌を見ながら、知りえた情報をノートに整理していった。夢中になりすぎて時間がすぎるのを忘れ、気がつけば朝になっていたことが何度もあった。慌てて仕事に行く準備をする。睡眠不足で身体はつらかったが、自分の存在価値を見つけるのだと思うと、気持ちは軽くなった。

いつの間にか、ノートは何冊にも増えていた。学んだ知識をもとに、自分なりのスタイリングがイメージできるようになってくる。取材のときに、それを少しずつ情報として発信していった。

すると、記者の反応が変わりはじめた。通り一遍のQ＆Aに終始していた取材も自然と熱を帯びる。記者によって修飾されたものではなく、千晃自身の言葉がそのまま雑誌に載るようになった。

そして、それを読んでくれたファンが、好意的な反応をネットに書き込んでくれるようになった。少しずつ、温かいコメントが増えていった。千晃の言葉が、ファンに届きはじめたのだ。

――もっとたくさんの思いをファンに伝えたい。

小室の楽曲提供二曲目の『負けない心』のMVの打ち合わせの席で、思いきって、千晃は会社に願い出た。

「スタイリストさんを選ばせてほしいんです」

ずっと心に秘めていたことだ。コンセプトをしっかり相談して、千晃らしいスタイリングを選ぶためには、専属のスタイリストを使うことが必要だと思った。もちろんそんな主張をしたのは初めてのことだ。

スタッフがあからさまに困惑の表情を見せる。それでも怯《ひる》まずに言葉をつづけた。

「このスタイリストさんと仕事がしたいんです」

自分を信じて、自分のやりたいスタイルでいきたい。自分の知らないところで誰かが勝手に選んだ服を着るのは、もういやだった。

小室が言った、「これは君たちの曲なんだから」という言葉が、ずっと頭の中にあった。

――これは我儘《わがまま》なんかじゃない。私は私の思いで、ＡＡＡの伊藤千晃を作っていくんだ。

ＡＡＡのメンバーにも、やらせてほしいと本気でお願いした。

デビュー以来ずっと、全員が同じスタイリストでやってきたのだ。千晃だけが違う人と組むなど、本当ならやってはいけないことだ。当然といえば当然だが、メンバーたちは動揺した。はっきりと異を唱える人もいた。

千晃としても、そんなメンバーたちの不安や不満は理解できる。

グループには、ブランディングという戦略のもと、作り上げてきたイメージというものがある。統一感も大切だ。それを壊すつもりはなかった。それでも伊藤千晃という自分の世界観を、ファンのみんなにもっとしっかりと伝えたかった。自分にとってもＡＡＡにとっても、必要なことだと信じていた。

「ね、お願い。自分でやれることは、なんでも自分でやるから」

メンバーたちに、必死に頼み込んだ。ここが正念場だ。絶対に諦めてはいけない。

千晃が依頼したスタイリストとは、プライベートの時間に会って打ち合わせをすることにした。曲のコンセプトを話し、他メンバーの衣装写真を見せた上で、自分が着たい服のイメージを丁寧に説明する。

――私がかわいいと思うのはこんな服なの。

わかってもらえるまで、いろいろな組み合わせを何度でも試し、スタイリストと意見をぶつけ合いながら、衣装を決めていった。

休日は潰れ、毎日の睡眠時間はさらに削られていった。疲労が肉体の限界を超える。それでも自分の夢を実現するために頑張っているのだと思うと、少しも苦ではなかった。

——私を見つけるまで、絶対に負けない。

現場にまでスタイリストに来てもらうと、その分のギャラが発生してしまう。会社によけいな経費をかけさせるわけにはいかない。撮影当日は衣装や小物を大きなバッグにつめ込んで、自分でスタジオまで担いでいった。

小さな身体に大きなバッグはかなりの負担になったが、ショルダーベルトが肩に食い込んでも、全然つらくはなかった。アイロンも自分でかけたし、ボタンだって縫いつけた。

また、それまでは髪型もすぐに変えていたが、自分がイメージする伊藤千晃を作ってからは、できるだけ同じスタイルをつづけるようにした。前髪が汗を掻くとすぐに潰れてしまう髪質だったので、ヘアサロンで前髪ウィッグを作ってもらい、写真とライブでイメージが変わらないように工夫したりもした。

——私がやろうと思ったことなんだから、自分で動くんだ。だって、これは私がやりたいことなんだから。

そんな千晃の姿を見ていたメンバーたちも、次第にわかってくれるようになった。むしろ応援さえしてくれるようになった。

——ファンのみんなに、伊藤千晃らしさを伝えたい。ＡＡＡにおける、伊藤千晃の存在価値を作るんだ。

つらいことも苦しいこともたくさんあるが、それでも仕事が楽しいと思えるようになってきた。

仕事は以前より何倍も忙しくなった。どんなに頑張っても、うまくいかないことは多い。それでも今だったら、誰よりも自分を好きになってあげられそうだった。

4

二〇一〇年十二月初旬、マネージャーからメンバーの携帯電話に、一斉送信でメールが届いた。

〈紅白確定！〉

危うくスマホを落としそうになった。突き上げるような喜びが胸を貫く。次の瞬間、大声で思いきり叫びたい衝動に襲われる。

——すごいよ。やったんだ！　紅白に出られる！

もしかしたら紅白歌合戦に出場できるかもしれないとは内々で言われていたが、あくまでも噂に近いような話だった。だめだったときの落胆を考え、自分でもあまり期待しないようにしてきたのだ。

母親と電話しているときに、何気なくそのことを話題にすると、「期待しちゃだめよ」と釘を刺されてしまった。でも、本当は母親のほうが期待していたことはわかっていた。それだけに期待を裏切ったときのことを考えると、ずっと結果を知ることが恐かった。

それが蓋《ふた》を開けてみれば、見事に出場決定だった。『逢いたい理由』でＮＨＫ紅白歌合戦に初出場が決まった。また、小室が道を開いてくれたのだ。

――私はこの道を進んでいいんだ。

千晃が取り組んできた「自分らしさ」が認められたようで、何より自信になった。

そして親が喜んでくれたことで、幸せな気持ちになれた。母親にはたくさん心配をかけてきた。まだまだ足りないかもしれないが、これで少しは親孝行ができたかもしれない。

親や友達の反響の大きさは、千晃の想像をはるかに超えていた。やはり紅白歌合戦は特別な番組なのだ。

ずいぶん遠く険しい道のりだった。芸能界は、もっと華やかで楽しいものだと思っていたが、実際に自分の仕事としてみると、思い描いていたものとはまったく違って厳しいことの連続だった。外から見えるのは輝かしい部分ばかりで、実際はほとんどが地味で地道な仕事の積み重ねの日々だった。

千晃は子供のころから浜崎あゆみに憧れてきた。初めて『SURREAL』のMVを観たときの衝撃は今でも忘れられない。

――あゆみたいになりたい。

千晃にとって、浜崎あゆみは憧れのプリンセスだ。芸能界に入れば、きれいな服を着て、メイクをして、自分も同じようなプリンセスになれると思っていた。

高校生のころ、カラオケではいつだって、大好きなあゆの曲を歌った。エコーを目一杯に利かせていたせいもあってか自分は誰よりも歌がうまいと思っていたし、ダンスもできたので、いつか必ずスターになれると本気で信じていた。

一番末っ子で、「ちーちゃんはかわいいね。上手だね」と甘やかされて育てられてきた。だから芸能界に入っても、常に褒められるものだと思っていた。ところが実際にデビューしてみれば、そこには想像とはまったく違った厳しい現実が待っていた。

千晃だけがメンバーにあとから加入したので、歌もダンスも遅れていて、とにかく追いつくだけで精一杯で、目の前の壁を越えることに必死の毎日だった。それでもうまく踊れなくて、怒られてばかりいた。追いつきたくて、いつも全力疾走していた。

愛知から東京に一人で出てきて、エイベックスから用意してもらった部屋は、普通の学生やOLが暮らしている一般の寮だった。六畳のワンルームに、ベッドと少しの家具があるだけ。窓からはビルしか見えない。

千晃は毎日夜遅くまで仕事をしているというのに、朝六時には隣の部屋の目覚まし時計の音が、薄い壁を通してけたたましく鳴り響いてきて叩き起こされた。頭から布団を被って、両手で耳を塞《ふさ》いだ。こんな生活がいつまでつづくんだろうと泣きたくなった。

愛知に帰りたくなったが、それでも歯を食い縛って頑張ってきた。

そんな自分が、とうとう紅白歌合戦に出場できるのだ。

——ついにここまで来たんだ。

初出場者は、NHKで記者会見をすることが恒例になっている。

第六十一回NHK紅白歌合戦の初出場者は、紅組が西野カナ、植村花菜、クミコで、白組がHYとAAAだった。私は女の子なのにな、と思わないでもなかったが、男女比が五対二では白組もいたしかたない。

記者会見場には、さすがに紅白歌合戦だけあって、たくさんのテレビ、新聞、雑誌が取材に来ていた。

千晃はセクシーなブルーのミニワンピースに身を包み、メンバーと一緒に椅子に座って写真撮影に応じた。

記者会見での挨拶は、ほとんどリーダーの浦田直也が受け持ってくれた。こういうとき、千晃は言葉が出なくなってしまうのに、直也はいつも的確に対応してくれるから安心できた。

——やっぱりリーダーはすごいな。

一人だけ年齢が離れているから、きっと千晃とは違う世界を生きてきて、だから違うものもたくさん見てきたのだろう。

グイグイと強く引っ張っていくタイプのリーダーではないが、それでも直也には直也のよさがある。本当に感謝していた。

その記者会見の模様は、様々な媒体に掲載された。一番大きな扱いだったのが、ある雑誌に「美脚披露」という見出しと共に載った、千晃のパンチラ写真だった。

——えっ、嘘？

ＡＡＡとしてそんな風に雑誌に取り上げられたこと自体が初めてだったので、記事の書き方に腹が立つというよりも新鮮な驚きの感情が先に立った。もちろん一ページに大きく出ていたのは悪い気分ではなかったが、千晃としてはちょっと複雑な心境だった。

——まあ、でもいいか。

怒る気にはならなかった。怒ることはしたくない。言い争いも好きではなかった。メンバーたちと話し合うときも、黙って聞いていることのほうが多かった。

そういえばこの間、仕事帰りに直也と飲みに行ったとき、

「いろいろストレスが溜まってるんじゃない？」

と心配された。何気なくそういうことに気づいてくれるのは、年上というより、やはりリーダーだからだ。

――そうかもしれない。

なんとかなるかなって思いながらも、それでも少しずつ小さな怒りみたいなものが溜まっていたことに、自分でも気づいていなかったのだ。

「いいのよ。その分、飲んだときにリーダーに八つ当たりするから」

「うへぇ。まいったな……」

直也がおどけて笑っている。

しっかりと自分のことを伝えきれないでいる怒り。メンバーたちの歯車が嚙み合っていないと感じる怒り。スタッフと思いがすれ違ってしまう怒り。小さな澱《おり》が心の奥底に、ゆっくりと沈殿していた。

――だから、たまにお酒を飲むと、すごく怒りたくなっちゃうのか。

それも直也と飲むときはとくにそうだ。直也が相手だと、つい飲みすぎてしまう。飲みすぎると、あとで「なんであんなに怒ってたんだろう」と思うほど、いろいろと言ってしまうことがある。記憶はぷつぷつと途切れている。

きっと、直也だと安心するからだ。だから本音を吐き出してしまう。やっぱり、直也はAAの頼りになるリーダーなんだと思う。

――リーダー、ごめんね。

本人にはそんなこと言えないけれど。

翌日から、連日にわたって紅白歌合戦のための打ち合わせが行われた。『逢いたい理由』はバラードナンバーだったが、急遽、ダンスパートをつけることになってレッスンをはじめる。

紅白歌合戦でＡＡＡがもらえる時間は、わずか二分間ほどだ。そのサイズに合わせて編曲し、時間内で歌わなければならない。

たとえどんなに短い時間でも、自分たちのよいところをすべて見せたかった。歌だけでなく、パフォーマンスもできることを多くの人に伝えるチャンスだ。

十二月三十一日ギリギリまで、みんなで何度も話し合った。全員が本気で取り組んでいるからこそ、ぶつかることも多かった。

ただ、激しくぶつかるが、決してバラバラではない。

千晃は、みんなの気持ちが一つになっていくのをはっきりと感じた。

越えなければならない山が大きいほど、みんなの協力が大切になってくる。メンバー七人が思いを一つにして、同じ山に登ろうとしていた。

## 5

二〇一一年五月十二日、千晃は広告の撮影中に、一メートルほどの高さのところから転落して怪我《けが》を負った。

右肘関節脱臼《だっきゅう》と右膝《みぎひざ》打撲で全治四週間と診断された。「AAA "Buzz Communication" Tour 2011」の九公演が直前に迫っていた。

昨年末には紅白歌合戦の初出場を果たし、メンバー七人が力を合わせて大きな山を越え、これからいよいよみんなが一つになってやっていくぞと思っていた矢先のことだ。自分が離脱しなければならないことが、何よりも悔しくて情けなかった。

AAAはギザギザがまだ少し残っていてとても完全とはいえないけれど、それでもそれぞれが自分の役割を理解して、やっとグループとして力を発揮するべく機能しはじめていたところだった。ライブの本数も増え、メンバーもスタッフも気持ちとしても結果としても、手応えを感じていたのだ。

——それなのに……なんでこんなときに怪我なんてしちゃうのよ。

千晃の怪我は、とてもライブが行える状態ではなかった。それは医者に言われるまでもなく、自分でもわかっていた。少しでも右手を動かせば、顔を歪《ゆが》めてしまうほどの激痛が走った。

——それでも、どうしても出たい。

ライブは、デビュー以来もっとも大事にしてきたことだ。音楽とダンスで、ファンと一緒に一つのステージを作っていく。千晃が一番、ＡＡＡらしくいられる場所だった。

そのライブに出られない。千晃にとって、初めての降板ということになる。

本当にここからＡＡＡが再スタートをするくらいに思っていたにもかかわらず、その気持ちがぽっきりと折られてしまったような気がした。

何年か前に、ＡＡＡをやめたいと思った罰が当たったのかもしれない。

正式に降板を告げられたとき、千晃はマネージャーの大久保の前で号泣した。メンバーや他のスタッフに見られていることも気にならなかった。涙を拭いもせず、大声を上げた。人前で泣いたのは、三周年ライブの最後のＭＣのとき以来だった。

「ねえ、私、どうしても出たい！」

「そんなこと、できるわけないだろ」

「やだ。絶対に出る。右手にオシャレなギプスをしてでもステージに立ちたい！」

これではまるで駄々っ子だ。そんなことは自分でもわかっている。恥ずかしくてもみっともなくても、それでもいい。どうしてもライブに出たかった。

首を左右に振りながら、大久保にすがってワンワンと泣きつづけた。しかし、そんなことが認められるわけもなかった。

ファンはお金を払ってライブを観に来てくれる。最高のパフォーマンスでそれに応えるのは、プロとしての責任であり義務でもある。千晃にだってそれくらいのことは理解できる。

が、頭ではわかっていても、心が受け入れようとしない。ライブに出ることが、自分にとって唯一の存在証明なのだ。

翼をもがれて飛べなくなれば、それはもはや鳥ではない。

――それでも私は出たい。

千晃はいつまでも泣きつづけた。

翌日から千晃は愛知の実家に帰省した。利き手の怪我だったので、日常生活にも支障をきたし、母親の助けを得る必要があった。

降板になった最初のライブは、山口県周南市文化会館で五月十四日に行われた。

「……ちーちゃん……ねえ、ちーちゃん！」

「えっ？　何か言った？」

「さっきからずっと話しかけてたわよ」

「ごめん」

それでも母は笑顔を絶やさない。

「ご飯、何食べたい？」

「なんでもいい……」

ずっと上の空だった。心にぽっかりと大きな穴が開いたような気がする。何もする気が起きない。

食事のときも母が気を遣って、あれこれと千晃の好きな料理を作ってくれたが、申し訳ないと思いながらも、ほとんど箸《はし》をつけることができなかった。

千晃のスマホが鳴った。左手で電話に出る。

「もしもし……」

「千晃」

「えっ？」

直也の声だった。慌てて壁の時計に目をやる。ちょうど、ライブが行われている時間だった。

「ちょ、ちょっと……どうして……」

次の瞬間、電話の向こうから、割れるような大歓声が上がった。

キャー！

——ライブの会場からだ。嘘でしょ。

ファンのみんなの声が聞こえる。瞬時に涙腺《るいせん》が決壊し、どっと涙が溢れて止まらなくなる。

熱い思いで胸がいっぱいになった。

次々とメンバーの声がする。

「千晃、元気出すんだよ」

「千晃の分まで頑張って埋めてるけど、やっぱりいないと寂しいぜ」

「早く戻ってこいよ」

「千晃、待ってるからな」

号泣してしまって、しゃべることができない。激しくしゃくり上げ、危うく呼吸困難になりそうだった。

――ライブの最中にステージの上から電話してくるなんて。なんてサプライズをしてくれるのよ。もう、みんな、信じらんない！

「みんな……ありがとう……」

そう言うのが精一杯だった。声が震えてしまうのが恥ずかしい。でも、それだけはどうしても伝えたかった。

――早くみんなのところに戻りたい。私の帰る場所は、やっぱりAAAしかないんだ。どんな薬よりも、みんなの声が怪我に効きそうだよ。

電話を切ったあとも、千晃はずっとスマホを握り締めていた。まだ指が震えている。

――寂しいよ。みんなと一緒に歌いたいよ。

昔だったら、こんな電話なんてもらえなかったかもしれない。デビュー当時は、みんなの気持ちはバラバラだった。別々のオーディションの合格者たちが集められ、レッスンとはいいながらも、ライバルとして二年近くも競い合わされてきたのだから、それはしかたのないことだ。

千晃だって、心の中では誰にも負けたくないと思っていたのだ。だが、ＡＡＡのために自分の存在価値を高め、自分の役割を明確に持とうと思うようになったことで、メンバーのみんなが千晃を認めてくれるようになった。

とくに大きかったのは、専属のスタイリストと仕事をはじめたことだろう。本当なら、絶対に許されないことだ。でも、そのことがなかったら、こんな風に怪我でライブを降板した千晃に対して、メンバーが電話してきてくれるということもなかったかもしれない。

ダンスにおける方向性も、将来の夢への思いも、みんな違っている。

そうした中でそれぞれの個性を活《い》かし、ときには混ぜ合わせ、少しずつＡＡＡという一つの容《い》れ物に入れることで新しいグループを作り上げてきた。

ぶつかることも多かった。投げ出したくなることだってたくさんあった。

本気でメンバーのことを嫌いになりそうになった時期もあったし、こんな人たちと本当にやっていけるのだろうかと不安になったことが何度もあった。

それでも時間をかけながら、一つひとつそれを乗り越えていった。

ステージに立っているときは七人だけだ。七人でしか助け合えない。

誰かがステージで滑ってバランスを崩したとしても、衣装が破れたりしたとしても、スタッフを呼んで助けてもらうことはできない。

楽曲を止めることができない中で、転びそうな人の手は必ず誰かが摑むし、ボタンが取れそうなら気づいた人が留める。なんの打ち合わせをしていなくても、自然にそれができるようになった。

そんな風に、メンバー七人でしかできないことがどんどん増えていった。

この数年間で、そういうたくさんの思いを一緒に積み重ねてきたからこそ、怪我でステージに立てない千晃の悔しさや苦しさを、メンバーたちはわかってくれたのだ。

家族とも親友とも違う。ましてや恋人とも違う。これは「仲間」だ。メンバーがお互いに、この七人をかけがえのない仲間だと思いはじめている。

いろいろなことがあったけれど、それを乗り越えてきた仲間だ。この七人でなければ、絶対にできなかっただろう。このメンバーだからこそ、乗り越えられた。

まさかライブ会場から電話をかけてきてくれるなんて、本当に思ってもみなかった。

電話を通してメンバーの声を聞いた瞬間、ちょっと悔しいほど胸が熱くなった。心からほっとしている自分に気づく。

――早く治さなきゃ。早く怪我を治して、みんなのところに帰るんだ。

怪我によって折れかけていた気持ちが、メンバーによって癒《い》やされていく。

もう競い合う必要なんてない。支え合っていけばいい。

千晃は笑顔で涙を拭った。

怪我からの復帰を目指して、千晃はスタジオでレッスンをしていた。実彩子が付き合ってくれている。

実彩子とは女同士だからこそ話せることがたくさんあって、オフのときに二人だけで食事に行ったりもしていた。実彩子と話をしていると、あっという間に時間がすぎてしまう。気がつけば五時間もすぎていたことがあったほどだ。

音楽をかけ、実彩子と振りを合わせていく。身体に染み込んだＡＡＡのダンスは、実彩子と一緒に踊ることですぐに思い出せた。身体がＡＡＡを覚えている。

しかし、少しのブランクにもかかわらず、筋力がかなり落ちていた。心肺機能も低下してしまったようで、すぐに息が上がった。

流れる汗が止まらない。Ｔシャツが、絞れそうなほど、汗でびっしょりと濡れていた。

「手、大丈夫？」

実彩子が心配そうに訊いてくる。

「まだちょっと痛いけど、なんとかやれそう」

「よかった。でも、無理しちゃだめだよ」

「うん。ありがとう」

休憩時間にタオルで汗を拭きながら、ペットボトルのミネラルウォーターを飲む。広い窓から差し込む陽光が眩しい。壁一面の鏡には、フローリングに膝を抱えて座っている千晃と実彩子が映っていた。

目が合うと、実彩子が口元をゆるめる。その笑顔に、心の中の不安が消えていった。

「ねえ、宇野ちゃん。二年くらい前にね、女子メンバーと男子メンバーが分かれたほうがいいんじゃないかって、会社の人から言われたことがあるんだ」

どうして急にそんなことを言い出したのか、自分でもわからない。ずっと千晃の胸に引っかかっていたことだ。

「だめだよ」

間髪をいれずに実彩子が答えた。

「えっ？」

「絶対に離れちゃだめ」

実彩子が即答したことに驚いた。

男子メンバーのファンに心ないことを言われ、やめてやると思ったことが何度もあった。実彩子だって同じ思いをしてきたはずだ。

「七人じゃなきゃ、意味がないと思う」

実彩子が言葉を噛み締めるように、はっきりと言った。

――ああ、私はこの言葉を言ってくれる人を、ずっと待ってたんだ。いつだって、不安に押し潰されそうだった。だけど一人でも、ＡＡＡは七人じゃなきゃだめだって言ってくれる人がいるなら、私はここでやっていける。

「宇野ちゃん」

「ん？」

実彩子が小首をかしげる。

「ありがとう」

「何よ」

「宇野ちゃんが隣にいてくれてよかった」

「私はずっと隣にいるよ」

ふらついていた気持ちを、実彩子が引き戻してくれた。

もう迷わない。私は私の居場所を見つけたんだ。

# Chapter5　出逢いのチカラ

# 1

夢が見えた瞬間だった。そして、みんなが同じ夢を見ている。

その曲のイントロを聴いた瞬間のメンバーの反応を見て、自分たちは本当に一つになったのだと、西島隆弘は確信した。

甘く優しげなメロディーが流れると、触れれば壊れてしまうような儚《はかな》く切ない思いが蘇ってくる。誰もが遠い昔から大切にしてきたピュアな記憶。紅茶に落とした角砂糖が溶けていくみたいに、柔らかな思いが心の奥底までゆっくりと染み渡っていく。

胸が高鳴り、身体が熱くなって震えた。

楽曲の素晴らしさはいうまでもない。だが隆弘が感動したのは、その曲を聴いたときのメンバーの反応だった。全員が同じ気持ちになっているのを痛いほどに感じた。

――絶対に、いける。

次のシングル曲を決める会議で、そのデモ音源を聴きながら、隆弘はこれですべてが報われると思った。

デビュー前、メンバーが集められたときから、ＡＡＡというグループには誰もが不安を抱えていた。

デビュー当時から思い描いてきたのは、アーティストとして有名になることだった。街中にＡＡＡの曲が流れる。テレビに出まくっていて、ライブツアーは五大ドームが中心だ。ＡＡＡはトップスターになる。

だが実際は、隆弘が思うようには売れなかった。映画にもテレビにも出演したし、ＣＤも出しつづけたが、それでも大ヒットといえるような曲は出なかった。

売れないから、気持ちがうまく噛み合わない。

隆弘はリーダーの浦田直也と殴り合いの喧嘩になりそうになったことがあった。一緒に寮生活をしていた末吉秀太とは、実際に取っ組み合いになったこともある。とくに性格も生き方もまったく違う與真司郎とは、何度も激しく言い争いをした。

いつか、誰かが、明日からＡＡＡをやめると言い出すかもしれない。ずっとそのことに、誰もが気づかないふりをしてきた。そんな不安が、メンバーたちを苛立たせた。

それでもＡＡＡのメンバーとして、ずっと一緒に仕事をしてきた。それなのに、いや、それだからこそ、お互いを信じきれていなかった。

元々、デビューを競い合ってきたライバルたちだ。グループとして一緒にデビューしたからといって、自分だけが先に売れて、さっさと抜けようと思っている人がいるのではないかと、どこかで疑心暗鬼になっていたのかもしれない。

隆弘自身も、ずっとどうやってこのグループを抜け出すか、そればかりを考えていた時期があった。まだ子供だったのだと思う。

そのころ、いろんな人から、生き急いでるね、と言われた。自分の中では二十五、六歳までに売れなければ、アーティストとしての賞味期限が終わると、ずっと悩んでいた。

――なんでもっと本気で売れようと思わないんだよ。みんな、生温いんだよ。俺が引っ張っていかなければ、遅かれ早かれこのグループはだめになる……。

膨大に与えられる仕事を必死で消化しているような毎日の中で、初めは小さかった闇は、どんどんと大きく膨らんでいって、やがてはメンバー全員を呑み込もうとしていた。

――でも、今は違う。もう、大丈夫だ。みんなが同じ思いでいるんだ。だから、この曲は絶対に売れる。

『恋音と雨空』のメロディーが流れるスタジオで、隆弘は順番にメンバーたちの顔に目をやっていった。

＊

転機となったのは、デビュー三年目の二〇〇七年のことだった。

隆弘は、テレビ東京の『美味學院《デリシャス》』という連続ドラマに主演していた。このドラマには、ＡＡＡから真司郎も一緒に出演していた。

全国をまわるライブツアーと同時進行して、連日朝から夜遅くまで、ドラマ収録が行われる。

デビュー以来、盆と正月以外はまったく休みのない日々だったが、それに輪をかけて忙しくなった。

他の出演者たちは役者として芝居に専念しているが、隆弘と真司郎はAAAとしての仕事がある。同時に、三人分くらいの仕事をしているようなものだ。

では同じAAAのメンバーである真司郎となら悩みを語り合ったりしていい関係が作れていたかといえば、むしろ一番ぶつかることが多かった。

真司郎とは、デビュー前からどうにも馬が合わない。

隆弘は常に仕事がすべての中心で、それ以外のことはどうでもよくなってしまう性格だ。元々オンとオフの境がなく、自宅に帰っても、食事をしていても、いつだって仕事のことを考えてしまっている。

それに対して真司郎は、自分のライフスタイルをしっかりと守るタイプだ。分刻みで一日のスケジュールを立てて少しも狂わせることなく行動していた。オンとオフをはっきりと区別することで、仕事の質を高めようとしている。

二人は、根本的に考え方というか、生き方が違った。

だからといって、アーティストとして目指す方向がまったく違うわけではない。音楽が好きでダンスが好きで、芝居にも本気で取り組みたいと思っている。本当なら仲良く助け合ってやっていけるはずなのだ。

しかし、最初に歯車が小さくズレてしまったまま、お互いに仕事が忙しすぎて、それを修正するためにじっくりと向き合うことができないでいた。小さなズレは少しずつ大きくなり、次第に溝が深まったが、時間だけが徒《いたずら》にすぎていってしまった。

ライブのリハーサルをしていて、フォーメーションのことで隆弘が言った一言に、真司郎が激昂したことがあり、胸ぐらを摑み合うほどの喧嘩になったこともあった。今ではなんであそこまで怒ったのかもよく思い出せないほどだったが、そのときは他のメンバーが止めてくれなければいったいどうなっていたかわからないほど激しくやり合った。

そんな関係の中で、真司郎と二人で連続ドラマの仕事をして、何日もつづけて一緒にいることになった。

なんでこいつと一緒なんだと、きっと真司郎は思っているだろう。

しかもドラマは隆弘が主役だった。ファンの人気も高い真司郎にとっては、納得がいかない気持ちもあるはずだ。

――逆だったら、俺だっておもしろくないしなあ。

それでも同じグループから二人で一緒にドラマに出る以上は、助け合えるところは助け合いたかった。隆弘と真司郎が仲良くやることは、ＡＡＡにとっても大切なことだ。

いつだったか、何かの打ち上げのとき、スタッフから「まずは西島を売り出す。それに引っ張られるようにして、他のメンバーも売れていけばいい」というようなことを言われたことがあった。そう言われて悪い気がする人間はいないだろう。AAAのためにも自分がまずは売れなければいけないという責任を強く感じた。

その一方で、メンバーの前でそういう言われ方をされたのが、すごくいやな自分もいた。他のメンバーにすれば、気分がいいはずがない。これではグループがバラバラになってしまう。

ドラマの撮影中は、真司郎といつも一緒に弁当を食べ、ロケバスで仮眠を取り、空き時間には二人で台本を覚えた。早朝の撮影で、朝起きてそのままスタジオ入りしたときなど、お互いの髪をセットし合ったりもした。

AAAのMVの撮影の合間に、ドラマの台本の読み合わせをしたこともあった。楽屋だと他のメンバーにうるさいと言われるので、二人だけで別の部屋にこもってやった。

二人ともドラマという慣れない仕事に、とにかく必死だった。正直にいえば、喧嘩をしている余裕さえなかったのかもしれない。

隆弘が演技のことでディレクターから厳しい叱責《しっせき》を受けたことがあった。

「いくら忙しいからって、台本くらいまともに読んでこい！」

ディレクターが台本を床に叩きつける。もちろん、前の晩は寝る間を惜しんで台本を読み、台詞《せりふ》はすべて頭に叩き込んで現場に臨んでいた。それでも限られた時間で覚えたことなので、ディレクターが望むような芝居ができなかったのだ。

スタジオにしらけた空気が蔓延《まんえん》する。悔しくて唇を噛み締めた。

「もういい。昼飯にしよう。再開は一時間後だ」

昼食休憩になった。隆弘は弁当も食べずに楽屋に行くと、台本を開いて、今できなかったところを読みはじめた。

「おっ、やってるやん」

真司郎が楽屋に入ってきた。

「練習するんだから、ほっといてくれよ」

隆弘は台本から顔を上げずに言った。

「練習するんやったら、手伝おうか？」

「えっ？」

「相手がおったほうが、練習しやすいやろ」

「だって……それじゃ、飯食う時間がなくなっちゃうけど」

真司郎が笑いながら、左手を顔の前で振っている。

「ちょっとダイエットしようかと思ってな」

それは嘘だ。

真司郎は仕事とそれ以外のことを、きっちりと分けることを信条にしていた。とくに食事のことは徹底していて、どんなものを食べるかということはもちろん、食べる時間にもかなりこだわりを持っていた。彼が食事を抜くなどありえなかった。どんなことがあっても、一日三回の食事は欠かさないのだ。

その真司郎が食事休憩を潰してまで、隆弘の練習に付き合ってくれると言っている。信じられないことだ。

「ほんとにいいの？」

真司郎が照れた様子で頭を掻きながら微笑んだ。

「今回、ドラマの収録とMVの撮影とライブツアーが三つ重なってるやん。俺、こんな忙しいのは久しぶりやけど、ニッシーはいつもこんなんやってたんやなって。大変やったろ？」

そう尋ねる真司郎の視線は、台本の表紙にずっと落とされたままだ。その様子がなんともくすぐったい。

「なんか、もうそれが当たり前になっちゃって、大変なんだかどうだか、正直いってわかんなくなっちゃったよ」

「そうなん？」

真司郎が顔を上げた。

「ただ言えるのは、毎日眠いってことかな」

「それは俺も一緒やわ」

二人して、大笑いした。

「真司郎……ありがとう」

「なんやねん、それ」

真司郎が台本を開きながら、ふたたび顔を伏せた。

二人で練習をはじめる。隆弘は、この優しい時間がずっとつづいてほしいと思った。

昼食休憩が終わり、撮影が再開された。

撮影現場で、真司郎と一緒に演技をする。隆弘は真司郎の演技を見ながら、自分のことを考えた。

――俺は彼にとって、どんな存在なんだろう？　俺はＡＡＡの中で、どんな存在であればいいんだろう？

答えはわからない。それでもただ言えることは、真司郎は必要な人間だということだ。ＡＡＡにも、隆弘にとっても。そして隆弘自身も、真司郎に、ＡＡＡに、必要な存在でありたいと思った。

## 2

ドラマの撮影と並行して、隆弘は面接を受けることになった。エイベックスの会議室で、映画監督の園子温《そのしおん》を待つ。映画『愛のむきだし』の主演俳優のための面接だ。

園と会うのは初めてだった。園が監督した『Strange Circus 奇妙なサーカス』や『紀子の食卓』などが国内外でいくつもの映画賞を受賞して話題になったばかりだったので、どうしても緊張してしまう。

そんな有名な映画監督である園に面接をしてもらえることになったのは、隆弘にとって人との出逢いがくれたチャンスだった。

その年の一月に、『LOVE LETTERS』というブロードウェイで大ヒットした朗読劇の日本リメイク版に出演した。演出は劇団四季出身のミュージカルの創作でも有名な青井陽治だった。

隆弘は青井の演出のもと、『LOVE LETTERS』を渾身《こんしん》の演技でやりきった。雑誌やネットで高い評価を受け、かなり話題になった。

それからしばらくして、青井が隆弘のことを、「おもしろい子がいる」と世界的に有名な演出家の蜷川幸雄《にながわゆきお》に紹介してくれた。隆弘は蜷川と二人でお茶を飲む機会をもらえることになった。

音楽のこと、芝居のこと、自分の生き方や思いなどを夢中になって蜷川にぶつけた。あとで何をしゃべったのか自分でも思い出せなかったほどだった。

そのときに蜷川から、園子温監督が映画の準備をしていることを聞いた。

「面接を受けてみたら?」

「僕がですか?」

蜷川が笑顔でうなずいた。その瞬間、隆弘の中で何かが反応した。

調べてみると、園はあちこちのプロダクションに台本を送っていて、出演者の面接をしていた。エイベックスは音楽事務所で、そのころは俳優をマネジメントする部署を持っていなかったので、どうやらそれで連絡が来なかったようだ。

隆弘が蜷川から話を聞いたときには、すでに主役の面接はほとんど終わっていた。当時、勢いのある若手俳優たちがこぞって受けていたようだ。無理を承知で連絡を取ってみると、とりあえず話だけでも聞いてくれることになった。

園はエイベックスの本社に缶ビールを片手に現れた。

隆弘は大きなテーブルを挟んで、園と向かい合う。園の顔はビールの酔いに赤らんでいた。

なかなか面接がはじまらない。人見知りの少女が転校してきた挨拶をしているかのように、園はずっとモジモジしていた。

「君、趣味は?」

「えっ?」

「趣味だよ」

「釣りです」

「歌手なんだよね」

園はＡＡＡのことを知らないようだ。

「はい、そうです」

「好きな音楽は？」

「Ｊポップとか Ｒ＆Ｂです」

「ヒップホップは？」

「そんなに聴かないです」

「映画は何が好き？」

「これといって一つあげるようなものはないです」

「そうなんだ……」

野球をやったことのない小学生がキャッチボールをしているような、ぎこちない会話がつづく。

――そうか、この人はすごくシャイで恥ずかしがり屋なんだ。だから世間話ができないんだ。それでもきっと、俺の性格が知りたいんだよな。

とにかく隆弘は、一方的に自分についてしゃべりまくった。園はただそれを酔った顔でニコニコと微笑みながら聞いていた。

隆弘は、一生懸命に話しつづけた。自分という人間を見てほしい。ただ、自分の存在を、園に認めてほしかった。

園が帰って十五分もしないうちに、マネージャーに電話がかかってきた。隆弘が代わって電話に出る。

「西島さんでやりたいと思う」

「ありがとうございます！」

まさか受かるとは思わなかった。一番驚いたのは隆弘本人だった。

主人公のユウは男らしいけれど繊細な性格で、しかも童貞の顔をしているとのことだった。

芝居がどうこうというよりも、隆弘そのものがユウだと感じたと園が言う。

——なんだよ、童貞の顔って。

それがどんな顔なのか、まったく思い浮かばない。隆弘は苦笑した。きっと、園なりの褒め言葉なのだろう。とにかく、園に認めてもらえたことに間違いはない。

「考えなくていい。自分の感覚を信じてやってほしい」

電話を切ったあとも、園の言葉がずっと耳に残っていた。

——すごいよ。園さんの映画の主役だ！

まわりを気にすることなく、思わずガッツポーズをしていた。

この映画『愛のむきだし』で主人公の本田ユウ役を演じたことにより、第八十三回キネマ旬報新人男優賞と第六十四回毎日映画コンクールスポニチグランプリ新人賞という二つの賞を受賞することになるが、このときの隆弘はもちろんまだそれを知る由もなかった。

## 3

その年の十二月、ＡＡＡは「2007 Winter Special Live ～男だけだと、・・・こうなりました!?～」と題して男子メンバーだけのライブを、クラブチッタ川崎で行った。

はっきりとスタッフから言われたわけではなかったが、もしかしたら男女を分けて活動していこうという一つの布石なのかもしれない。デビュー三年目のＡＡＡはなかなかヒットに恵まれない中で、レコード大賞最優秀新人賞を受賞した勢いも徐々に薄れ、様々な方向性を模索している最中だった。

あらゆるオプションが検討されていた。元々いろいろな個性が集まったグループだ。ソロや男女分かれての活動も、その一つと考えられる。

不安がないわけではない。むしろ迷いや戸惑いが日々大きく膨らんでいく。

それでも男子メンバー五人は、そんな思いを吹っ切るように、全力でライブに立ち向かった。

クラブチッタ川崎は収容人数が千三百人ほどで、日本武道館やスタジアムクラスとは比べるまでもない小さな会場だったが、それがかえってファンとの一体感を高めることになったのか、ライブは大変な盛り上がりを見せた。

ＤＶＤの収録がある中で、男性らしいパワーとスピードを持った迫力のステージパフォーマンスを行う。

日頃はメインボーカルを取らない秀太や真司郎のソロ曲も披露した。

隆弘は映画『愛のむきだし』の撮影の前半クールを終えたところで抜け出してきて、ライブに合流していた。

映画初主演であり、厳しい園子温監督のメガフォンだ。肉体的にも精神的にも限界まで、いや、すでに限界をはるかに超えるほど追いつめられていた。

身も心もボロボロだった。少しでも触れれば血が出そうなほど神経がささくれ立っている。自分でもギリギリの状態になっていることを感じていた。

それでも不思議なもので、ライブ会場で多くのファンに見守られていると思うと、どこからともなく力が漲ってくるもので、気力を振り絞るまでもなく曲が流れれば自然に身体が動いた。

大盛況の中で、無事にライブを終えることができた。

最終日の公演を終えたあと、忘年会を兼ねたライブの打ち上げが居酒屋で行われた。

年末の芸能界といえば、紅白歌合戦やレコード大賞など、様々なビッグイベントが目白押しだが、悔しいけれどＡＡＡに出演のオファーはない。日本レコード大賞の最優秀新人賞を受賞した二年前のことが、すでに遠い昔のように思える。

全国チェーンの居酒屋で、メンバーとスタッフだけのこぢんまりとした忘年会だったが、それでも大成功したライブの打ち上げを兼ねていたので、参加者の表情は明るかった。酒が進む中で、来年こそは大ヒットを飛ばすぞと、意気込みを語るスタッフもいた。

場が盛り上がってきたところで、ＡＡＡのメンバーが順番に一言ずつ挨拶をすることになった。

まず初めに、リーダーの浦田直也が立ち上がった。一年間の感謝の思いを、スタッフへ伝える。酒も入っているので、大きな拍手が起こってさらに盛り上がった。

次々にメンバーが挨拶をしていく。真司郎の番になった。一年を振り返って、いつもの調子でおもしろおかしく話をしている。

その最後に、真司郎が少し照れた様子で言った。

「えーと、実は今まではニッシーのこと嫌いやったんやけど……」

いったい何を言い出すのだろうかと、盛り上がっていた空気がすこし冷えるのを感じた。

隆弘も真司郎に嫌われていることは自覚していた。

真司郎とは本当にいろいろなことがあった。

隆弘のほうは別に彼を嫌いなわけではなかったが、お互いが相手のことを認めようとしなかったことはたしかだった。

それでもたくさんのつらく苦しい現場を、一緒に乗り越えてきた。隆弘と真司郎だけにしかわからない世界も存在する。

人の幸福の尺度は、それほど大きくは違わないだろう。だが、苦しみの限界は、生まれ育った環境や生きてきた人生によって大きく左右される。家族や親友や恋人でもなかなか理解し合うことは難しいだろう。

それがAAAのメンバーなら理解できてしまう。とくに真司郎とは、何度も修羅場を潜《くぐ》り抜けてきた。暗黙のうちに、認め合うものができていた。

それをうまく言葉で説明するのは難しい。一言で言い表すならば、「時間」だろう。二人の関係には、積み重ねた時間の重みがある。

一緒にすごしてきた時間の量も密度も違う。家族よりも親友よりも恋人よりも、ある意味で深く互いを知り尽くした関係を、共にすごした濃密な時間の中で培ってきた。

どんな親友に話しても、きっとわかってはもらえないだろう。AAAのメンバーだけがわかってくれればいい。デビューしたころとは違う。今なら真司郎のことがよくわかる。彼のよいところも、そして自分との違いも。

真司郎がチラリと隆弘の顔を見た。

「……でも、今年はニッシーと一緒にドラマとかやって、なんか……好きになったかも」

その瞬間、隆弘は感情の制御が利かなくなってしまった。

涙がどっと溢れ出す。息ができない。気がつくと、号泣していた。

みんなの前で、真司郎が「好きになった」と言ってくれた。ほっとして、身体の力が抜ける。

ＡＡＡは俺が引っ張っていかなければと、ずっと無理をしてきたのかもしれない。その緊張が一気にほぐれていく。

――でも、もう突っ張らなくてもいいんだ。真司郎が認めてくれた。

隆弘は子供のように大声を上げて泣きながら、真司郎の身体を力一杯抱き締めた。

4

二〇一三年春。メンバーがスタジオに集まり、次に発売する三十八枚目のシングル候補の選曲をしていた。

以前はデモＣＤが配られて、メンバーそれぞれが別々に聴いていた。家でじっくり確認したいという人もいれば、スタッフと一緒にスタジオで聴きたいという人もいるからだ。しかし、仕事の合間の移動中にヘッドフォンで聴く人と、夜に自宅で部屋の照明を落としてスピーカーから聴く人とでは、曲から受け取るメッセージはまったく違うだろう。それではよくないということになって、全員が集まって一緒に聴くことになっていた。

音楽は聴く人のモチベーションやその場の雰囲気によって印象が大きく変わる。やはり、同じタイミングで、同じ空間で聴くことが大切だった。

シングルの候補曲は、三十曲近くあった。メンバーが集まって、ワンコーラスずつ聴いていく。

事前に配られた記入用紙に、コメントを書く。他のメンバーに影響を与えてしまうので、全曲を聴き終わるまで、誰も感想を口にしないし、リアクションも取らない。すべて聴き終わってから、順番に感想を言い合うのだ。

楽曲選びに対するメンバーの意識も、以前とはまったく違ってきていた。

体調が悪いだとか、前日に深酒をして二日酔いだとか、大きな仕事を抱えていてひどく疲れているとか、以前だったらそういう人もいたかもしれないが、今は各自が曲を聴く状態を意識して整えるようになっていた。一度気持ちをリセットして、ニュートラルな状態で曲と向き合えるようになった。

二〇一〇年三月の「AAA Heart to ♡ TOUR 2010」あたりから、自分たちで意見を出し合ってライブのステージを作るようにもなっていたし、楽曲に対しても「自分の好みはA曲だけど、AAAならB曲がいい」などという会話が、自然とできるようになっていた。

自分が好きだということと、AAAにとって大切だということを、しっかりと分けて考えられるようになった。自分たちのやりたいことを伝える中で、ファンのために何をやるべきかという意識がしっかりと育ってきているのだ。

昔とは比べものにならないほどに、アーティストとしての自覚が芽生えている。メンバー全員が、プロとして強い責任感を持っていた。今なら、もっと上を目指していける。隆弘の中で、たしかな思いがあった。

スタジオ内に、『恋音と雨空』のイントロが流れはじめる。その瞬間、メンバーたちの空気が一変した。

すべてはもう決まっていた。誰も言葉を発しないが、その表情を見ればわかる。すでに全員の気持ちが一つになっている。

――この曲しかない。

今、ＡＡＡは本当の意味で一つになった。

全身に鳥肌が立つ。胸に熱いものが溢れ、鼓動が高鳴っていくのがわかる。ジンジンと指先が震えた。

――これで、報われるんだ。

ヒットさえ出れば、メンバーは一つになれると思ってきた。もっともっと仲良くなれるのだと。売れさえすれば、すべてがうまくいく。いやなことも、つらいことも、売れれば全部がリセットされる。

でも、そうじゃない。もう、はじまっている。素晴らしい曲との出逢いがきっかけになって、ＡＡＡが一つに繋がったことを感じた。

――もう、俺たちは大丈夫だ。

ＣＤがなかなか売れず、音楽をネットで聴く時代にデビューした。そんな中で、ＡＡＡは人々の記憶に残るような曲を出せていなかった。

ずっと悔しかった。苦しかった。

体温が上昇していくのがわかる。初めて、世の中に認めてもらえるかもしれないという可能性を感じた。

時代に合った音楽さえ作れれば、きっと評価してもらえる。それがこの『恋音と雨空』だと思った。

「すげえよ。これ、いつ出す？」

直也は喜びを隠しきれない。いつも慎重な宇野実彩子さえ、直也の言葉に大きくうなずいていた。

シングルの楽曲選びはもちろん、ライブのセットリストさえ、七人全員がすぐに一致したことはなかった。それなのにイントロが流れた瞬間に、全員が一発でこの曲だと確信していたのだ。

何よりも全員が同じ気持ちでいることがすごい。胸にぐっとくるものがある。

デビューしてもうすぐ八年だ。三十八枚目の選曲で、初めてメンバー全員の意見が一発で合った。

――これが売れなかったら、俺たちはもう無理だろう。でも、売れないはずがない。

今までならそれぞれが自分の好みの曲を押し、その理由を主張して揉めていたかもしれない。結局、最後には誰かが妥協した。決定は妥協の産物だった。

しかも今回から、候補曲は三十曲近くに増やしてあった。本当なら一曲に絞るのはかなり困難なはずだった。にもかかわらず、全員がたった一度で一致した。奇跡に近い。

「ほんと、いつ出そうか？」

すでに『恋音と雨空』でいくことが決定事項のように、打ち合わせが進んでいく。

秋の曲調だが、少しでも早くファンに届けたい。

アレンジを変えれば、夏でもいけるんじゃないか。

いや、やっぱりこれは秋の曲だろう。

議論が過熱していく。未来に向かって放出される熱量だ。

レコード大賞などの賞レースは、年末に集中していた。ファンだけでなく多くの人たちにヒット曲として認知してもらうにはある程度の時間が必要だった。

夏に発売しなきゃ、間に合わないじゃん。秋だと遅いよ。

だったら、九月の頭に出せばいいんじゃね？

それなら時間もあるし、秋のイメージも守れるな。

みんなが夢中になって話している。しかし、それぞれが自分の意見を押し通そうとしていた今までの会議とはまったく違う。

この曲を出したい。ファンに届けたい。どうしたら一番いい作り方ができるのだろうか。

誰もが、二歩も三歩も先を見て話をしていた。こんなことは、初めてだ。

――これこそが、俺たちの曲なんだ。

隆弘は瞳を輝かせているメンバーたちを見つめながら胸を熱くしていった。

5

ところが『恋音と雨空』は、実際にCDが発売されてみると、思ったほど売上は伸びなかった。オリコンの順位も最高で三位。販売枚数としては、今までの楽曲とそれほど変わらなかった。

――これでも、だめなのか。

その結果に、隆弘は打ちのめされた。メンバーにも、スタッフにも失望が広がる。

今までエイベックスの他のアーティストの楽曲を発売前に聴かせてもらったとき、それがヒットするかどうか、隆弘には見極める自信のようなものがあった。実際に隆弘の勘はよく当たった。

「これは絶対に売れる」と隆弘が感じた曲は、これまでも本当にヒットしていた。それと同じ感覚が、自分たちの曲である『恋音と雨空』にもあったのだ。

にもかかわらず、ヒットしなかった。ショックだった。

——なんでなんだよ。そんなはずないのに。絶対に売れるはずなのに……。

絶望的な思いに打ちひしがれた。

ところが、次第に状況が変わりはじめる。ユーチューブの再生回数が、どんどん上がっていったのだ。

月日がすぎても勢いは衰えず、再生回数は伸びつづけていく。再生回数ランキングも、ずっと上位にいた。iTunesランキングも、上位のまま落ちてこない。

CDはそれほど売れていないのに、ダウンロードはつづいているのだ。

ネットにも、好意的なコメントが次々と書き込まれていった。

秀太がライブツアーのときに地方の店でカラオケをやったとき、カラオケランキングを見たら、『恋音と雨空』が一位になっていたという。全国でみんなが歌ってくれていた。

そのいい流れのままで年末になり、『恋音と雨空』でレコード大賞にノミネートされ、NHK紅白歌合戦に出場した。

年が明けると、ネットでの反響はさらに広がっていった。

——すごいぞ。これがロングセラーってやつなんだ。

十周年を迎えたユーチューブにおいて、邦楽の歴代再生回数でベスト20に入った。すでに再生回数は、三千万回を超えていた。

――この曲をまだＳＮＳなんかなくて、ＣＤが売れてた時代に出してたら、きっと大ヒットしてたんだろうね。

メンバーとそんな軽口が叩けるようになった。

ＣＤがなかなか売れないという現実も、メンバーでしっかりと受け止めていて、それでも自分たちの進む先にまだ光はあると思える。どうやってそれを摑もうかと、誰もが本気で考えはじめていた。『恋音と雨空』との出逢いが、みんなに力をくれたのだ。

――この七人が出逢ったのは、偶然だったかもしれない。でも俺たちには、一緒にすごしてきた大切な時間がある。それは同じ夢を見てきた時間だ。だから、俺たちは絶対に諦めないし、逃げることもしない。この仲間となら、必ず夢を叶えられる。

「何を笑ってるん？」

「なんでもないよ。ちょっと思い出し笑いしただけ」

「なんやそれ」

不思議そうな顔をしている真司郎に、隆弘は笑顔で答える。

「絶対に、上に行こうな」

隆弘の言葉に、真司郎が力強くうなずいた。

# Chapter6　ダイジナコト

# 1

二〇一三年六月、広島文化学園ＨＢＧホールでのツーデイズライブを終えてから二時間後、末吉秀太は夜の広島市内を歩いていた。

食事のあと、ホテルのダイニング・バーに行くという他のメンバーたちと別れて、一人で街に出た。

生乾きの髪に、微かに潮の匂いを含んだ初夏の夜風が当たって、なんとも気持ちがいい。

地方でライブを行った夜、行き当たりばったりで地元のバーに飲みに行くのは、ここ数年の秀太の密《ひそ》かな楽しみだった。

正直なところ、人付き合いはあまり得意ではなかった。

繁華街から一本裏通りに抜けたあたりで、小さな雑居ビルを見つけて足を踏み入れる。飲食店が軒《のき》を連ねていた。

今夜もできるだけ静かそうなバーを選ぶ。時代のついた木製のドアを押し開けると、そこは年配のマスターが一人でやっているらしい小さなバーだった。

重厚なマホガニーのカウンターは、かなり古びてはいたがとても丁寧に磨き上げられていて、まるでガラスのようにピカピカに光って見えた。

「いらっしゃいませ」

抑揚を抑えた静かな声に、自信に裏打ちされた上質な接客を感じる。

今夜もいい店を見つけたようだ。秀太は軽く会釈をしながら、スツールに座る。

酒そのものはそれほど好きというわけではない。飲んでもせいぜい二、三杯だ。

一人でゆっくりとアルコールを身体に沁《し》み込ませながら、心を落ち着かせ、考えごとをしている時間が好きなのだ。

ほんの二時間前まで近くのホールで、二千人のファンを前にして歌い踊っていた。まだ昂っている感情をゆっくりとクールダウンさせていくには、強くて優しい酒の力を借りるのが、ちょうどよかった。

「ラムはありますか？」

「ラムがお好きなんですね？」

「はい」

「いいのがあります。試飲してみますか？」

「試飲できるんですか？」

「どうぞ」

表情を見ると、秀太がＡＡＡであることはバレていないようだ。

いや、もしかしたら、わかっていて気づかないふりをしているだけかもしれない。どちらにしても、ここは居心地がいい店だった。このマスターとは、仲良くなれそうだ。

プライベートでいるときは、フィルターをかけて見られるのが嫌いだった。友人と飲みに行ったときに、「こいつＡＡＡなんだ」と紹介されると腹が立った。

友人としては芸能人である秀太に気を遣ったのかもしれないが、それはかえってありがた迷惑というものだ。

そういうことを喜ぶ人もいる。それを否定するつもりはない。ただ、自分は価値観が違う。芸能人という看板を外して、末吉秀太という一人の人間を見てほしいと思う。

マスターが出してくれたラムを一口ほど口に含み、舌の上で転がしてみる。それほど酒に詳しいわけではないが、このラムは好きな味だ。

秀太の表情を見ていたマスターがにっこりと微笑むと、ロックグラスにボトルのラムを注いでいった。大きな球状の氷を揺らしながら、琥珀《こはく》色の液体が力強い香りを立ち上らせる。

ラムは無色透明なものとばかり思っていたので、少し意外だった。

マスターが滑らせるようにして、ロックグラスを秀太の前に置いた。

ふたたびグラスのラムを口にしながら、秀太はこの数日ずっと悩んでいたことに思いを巡らせた。

舞台のオファーをもらっていた。岩松了《いわまつりょう》の『シダの群れ　第三弾 港の女歌手編』だ。

大人気の舞台のシリーズ三作目であり、演劇界でも有名な演出家である岩松の作品ともなれば、話題になることは間違いなかった。キャスティングも阿部サダヲ、小泉今日子、豊原功補、小林薫などベテランが揃《そろ》っている。

岩松とはAAAのメンバーとして逢ったことがあった。共に長崎出身ということで、秀太のことを覚えていてくれたようだ。

オファーは本当に光栄なことだった。しかし、業界でも厳しい演出で有名な岩松の作品で、しかも配役はこの豪華な顔触れである。どう考えても簡単な仕事とは思えなかった。

本当なら、こちらからお願いしたとしても出演できるような舞台ではない。それが岩松のほうから正式にオファーをしてくれたのだ。こんな貴重なチャンスを逃す手はない。

だが、素晴らしい経験が積めると思う反面、大変なことが待っていることは想像に難くない。俳優でもない自分が受けていいものなのか、なかなか答えを出せないでいた。

「おかわり、いかがですか？」

いつの間にかグラスが空いていた。いつもより少しペースが速いかもしれない。

「はい。お願いします」

デビューから三年ほどは、与えられたことをがむしゃらにやっていくだけだった。一つひとつの仕事をやりきるのに精一杯だった。

最近では他のメンバーたちもソロ活動による様々な経験を積んで、それぞれの個性もさらに色濃くなってきている。

ライブをするにしても曲をレコーディングするにしても、ぶつかることは変わらないが、昔のように勝手な考えでものを言うのではなく、いいものをファンに届けたいという純粋な思いが感じられた。

だからぶつかっても、最後には七人の意見がしっかりと一つにまとまる。

デビュー当時なら、とてもそんな風にはいかなかった。レッスン生として、二年以上も競争させられてきたのだ。この中の誰か一人だけがデビューするのだとみんな思っていて、仲間ではなく全員がライバルという状態だった。

一人ずつ面接されて、「男女混合のグループでやってみる気はあるか?」と訊かれたときは、秀太はすぐに「やります」と返事をしたものの、正直いって戸惑いもあった。

ある日突然にグループでデビューするからと言われても、気持ちは簡単に整理できない。だから、AAAとしてスタートしても、揉めごとは多かった。とくに西島隆弘とは喧嘩ばかりしていた。

秀太は負けず嫌いな性格だったので、とくに最初は、仲間なんていらないと思っていた。グループをどうしていくのかを考えるより先に、まずは自分のスキルをどうやって上げていくかとか、自分のこれからをどうしたいかを考えてしまった。

秀太だけではない。誰もが前へ前へと出ていこうとする。そんな感じなのだから、仲良くなんてなれるはずがない。

それが同じ時間や同じ空間を共有していくうちに、いつしか同じ夢を見るようになった。目標が一緒なら、仲間にならなくてはいけない。仲間がいるからこそ、辿り着ける夢だってある。いつしか、自分から相手の心のドアをノックすることも必要だと思えるようになっていた。

たとえばメンバーの誰かをプライベートで食事に誘うこともそうだ。自分の世界だけを守っていたデビュー当時の秀太にはできなかったことだ。

食事をしたからといって、何か特別なことを話すわけではない。それでも何気ない時間を共にすごすことで、でき上がっていく関係があると今は思う。

＊

隆弘とは、レッスン生時代の二年ほどを会社の近くの寮で一緒に生活した。

若い会社員もいれば、大学生もいる寮だ。秀太たちのように芸能界デビューを目指すレッスン生も何人か暮らしていた。十代である秀太と隆弘は、その中でも若いほうだった。

隆弘は札幌から、秀太は長崎から出てきて、東京での生活は二人とも初めてだった。

レッスンに明け暮れた日々の中、同じ寮で暮らしている隆弘とは、昼も夜も一緒にいることになる。

隆弘の部屋でＤＶＤを観たり、秀太の部屋で夜中にカップラーメンを食べたり、二人で大浴場で歌を練習したりもした。

風呂はエコーがかかるし、湿度で喉の調子もよくなる。二人にとってお気に入りの場所で、他の寮生がいない時間を狙《ねら》って、よく一緒に入浴した。まさに裸の付き合いだ。

レッスンも食事もトイレまで一緒に行く生活だ。うまくいかないこととか、何か違うと思うこととか、すれ違いや喧嘩もあったが、そういうことを何度も繰り返していくうちに、気がつけば仲間になっていたような気がする。

「なあ、腹減らない？」

秀太の部屋でダンスのＤＶＤを観ているとき、隆弘が顔を上げて言った。

「コンビニ行くか？」

秀太も空腹を感じていた。二人ともまだ十七歳だ。起きているときは、四六時中腹が減っている。

「モヒカンの店？」

隆弘が言ったのは、寮のすぐ近くにあって、厨房《ちゅうぼう》を持っているコンビニのことだ。総菜や作りたての弁当を販売していて、毎日の激しいレッスンでいつも腹を空《す》かせていた秀太や隆弘は、その店をよく利用していた。

秀太とあまり年齢が変わらない感じのアルバイト店員のヘアスタイルが、モヒカンなのだ。

だから二人の間では、そのコンビニは「モヒカンの店」と呼ばれていた。

「でも、もう門限すぎてるよ」

隆弘が時計を見た。寮には門限があって、それをすぎると出入りはできない規則だ。

「非常階段から下りて、柵《さく》を乗り越えれば行けるだろ」

二人で顔を見合わせて、ニヤリと笑う。秀太は立ち上がると、ジーパンの尻《しり》ポケットに財布を突っ込んだ。隆弘も腰を上げる。

廊下に出て誰もいないのをたしかめてから、普段は鍵《かぎ》がかかっている非常口のドアを開けた。そのまま非常階段で一階に下りる。

外に出るためには、二メートルほどの鉄の柵を乗り越えなければならないが、ダンスのレッスンに明け暮れている秀太たちにとっては、そんなことは訳もないことだ。

ヒョイと身軽に乗り越えた。

二人で深夜の街を歩く。秀太たちといくつも歳が変わらない感じのカップルが腕を組んで前から歩いてくる。二人ともモデルのような美男美女だ。

すれ違う瞬間、女性の髪がふわりと風で揺れた。

「なんか、よか匂いがした」

「バカじゃないの」

「西島だって、思ったやろう?」

「うん。思った」

二人で大笑いする。

コンビニに向かった。

「今日もいるな、モヒカン」

「シッ。聞こえるって」

ジロリと見られた。

「唐揚げ弁当二つ！」

モヒカンが弁当の器にご飯を盛りつけている。すごい量だった。山盛りの白飯の上からさらに盛りつけ、無理やりに蓋を閉める。押し潰された白飯が、蓋の隙間から大量に溢れ出していた。

弁当の入ったビニール袋を下げ、二人で並んで寮まで歩く。

「なあ、俺たちって、いつデビューできるのかな？」

隆弘がポツリと呟《つぶや》いた。

ＡＡＡのデビュー日は、様々な問題によりすでに三度も延期されていた。メンバーたちの不安は日増しに高まっている。

「そんなこと、わからん。考えたって、どうにかなるもんじゃなかか」

「このままなくなるパターンとかないよな？」

誰もが不安に思っていることだった。

「なるようにしかならないんじゃね。今はとにかく、頑張るしかなかよ」

「そうだよな」

隆弘がうなずく。

寮に戻った。ふたたび柵を乗り越え、非常階段を上がる。

「うっ……まずいよ」

隆弘の顔が青ざめている。

「どうした？」

「鍵、閉められちゃってる」

「くっそー、閉め出されちまったか！」

「どうする？」

「しかたねえよ。とりあえず、弁当食おうぜ」

非常階段の蛍光灯が、ジジジジと不規則な点滅を繰り返している。秀太はコンクリートの階段に座ると、ビニール袋から唐揚げ弁当を取り出した。隆弘も隣に座る。二人で弁当を食べはじめた。

外で弁当を食べるなんて、なんだか子供のころの遠足みたいだった。外に閉め出されてしまったというのに、なんだかワクワクしてくる。

「食い終わったらどうする？」

「どうするって、入れんし」

「朝までここかあ……」

「ま、それもよかよ」

二人して腹を抱えて笑った。


そうして共にすごしてきた時間は、まぎれもなくたしかなものだ。痛いくらいに剝き出しになった気持ちをぶつけ合うことで、本物の関係を作っていった。

デビューしたころならば、俺は歌でいくから、俺はダンスでいくから、俺は芝居でいくからと、みんな勝手な思いがあった。

今でも個性はバラバラで、やりたいことは違うのに、それでも七人それぞれがＡＡＡという一つのものを作ろうとしていることは、みんなが感じていた。

ＡＡＡが輝くためにも、それぞれが新しい可能性に立ち向かっていくのは大切なことだ。

ロックグラスをカウンターに置くと、秀太はスツールから下りた。

「マスター、会計してください。とてもおいしい酒でした」

岩松の舞台ともなれば、素晴らしい経験を積めることは間違いないだろう。

――命を取られるわけじゃない。やってやろうじゃないか。

秀太はまっすぐに顔を上げた。

2

二〇一三年十月、『シダの群れ　第三弾 港の女歌手編』の稽古《けいこ》がはじまっていた。

今日も秀太は渋谷区にある稽古場に行く。小さなビルの一階にある稽古場は、看板さえ出ていなかった。

重い鉄の扉を開けるときが一番憂鬱な瞬間だ。なんだか銀行の金庫の中にでも監禁されるような気がする。今日も厳しい稽古が待っている。

――いやだなあ、高熱でも出ないかなぁ……。

昨夜もほとんど眠れなかった。

帰宅してからすぐに台本を開き、一人で練習をした。

いくらやっても、台詞が頭に入ってこない。いつの間にか時計の針は三時をすぎていた。

それでも疲れているので少しでも寝ておこうと、台詞を呟きながらベッドに潜り込んだ。

暗闇の中で、恐怖が襲ってくる。本番の舞台の上で、台詞がまったく出てこなくなる自分の姿が脳裏に浮かんだ。ハッとなって、ベッドから飛び起きた。

――チクショウ。なんだよ。

もう、眠れなかった。しかたなく暗闇の中で、ブツブツと台詞を呟きつづける。気がつけば、朝が来ていた。

深い溜息をつきながらロッカールームで稽古着に着替えると、着てきた服とコンビニで買った弁当をロッカーにしまう。ペットボトルの水を手に、稽古場に向かった。

壁にかかっている大きな時計を見ると、まだ朝の九時前だ。稽古開始は十時なので、スタッフの他には誰も来ていない。

簡単にストレッチをすませる。その間も、何度も溜息が出た。

台本を取り出すと、発声がてら昨日岩松から厳しい叱責を受けたシーンの練習をはじめる。何度も何度も繰り返す。うまくできているような、全然だめなような。いくらやっても自信が持てない。

苛立ちと焦燥感で泣きそうになった。できることならこのまま家に帰って、頭から布団を被って寝てしまいたい。

一人で練習していると、次々と役者が入ってきた。

「おはようございます!」

一番若い秀太は、全員にしっかりと挨拶をする。年齢が若いからだけでなく、毎日の稽古でみんなに一番迷惑をかけているのだ。申し訳なさもあって、一人ひとりに丁寧に頭を下げた。

秀太が練習している台詞に、他の役者たちが自然に絡んでくる。いつの間にか、数人での掛け合いになっていた。

「じゃあ、末吉が今やってたところのちょっと前から、もう一回やろうか」

大御所の俳優の声で、全員がきびきびと動く。いつの間にか、全体の稽古になっていた。

毎日の光景だ。明確な稽古開始の合図があるわけではない。気がつけば、全体での稽古がはじまっているのだ。

そこへ岩松が入ってきた。一瞬にして空気が変わる。全員に緊張が走った。

「末吉よ、そこ違うだろう！」

空気が痛いほどに張りつめていく。

「はい。すみません！」

「もう一回やれ」

「はい！」

秀太の台詞の冒頭から、やり直しになる。

「だめだ。もう一回」

「はい！」

秀太は俳優ではないが、レッスン生時代は歌やダンス以外に芝居の稽古も積んできていた。

ミュージカルに出演したこともある。今回の舞台でも稽古がはじまるまでは、もう少しどうにかなるんじゃないかと高を括《くく》っていた。

が、そのすべてがひっくり返された。自分がこうかなと思ってやった芝居が、まったく違うと否定される。跡形もないほどに、徹底的にぺしゃんこにされた。

なぜそうなるのか、そこに至る考えがまったく理解できない。

役者としては一番経験が浅い。そもそもこの中で、秀太だけが俳優ではない。しかし、当然だがそんな言い訳はできなかった。

岩松のダメ出しがつづく。

「はい、もう一回……はい、もう一回……はい、もう一回……はい、もう一回……はい、もう一回……はい、もう一回……はい、もう一回……はい、もう一回……」

いくらやっても、際限なく繰り返しをさせられる。岩松の声が永遠につづくような気がしてくる。演劇界で有名な、「岩松の千本ノック」だ。

やるたびに芝居を変え、思いを変え、声音や微妙な表情までいろいろと変えて挑戦してみるが、それでも岩松のダメ出しは延々とつづく。

台詞を言いながらチラリと視線を向けると、もう岩松はこちらを見てもいない。下を向いたまま、寝言のように「はい、もう一回……」と繰り返すばかりだった。

稽古場に重苦しい空気が流れる。

大御所の先輩俳優たちを付き合わせてしまっていることに気持ちが動転してしまい、途中で何がなんだかわからなくなってしまう。大声で叫び出したくなるほどだ。

「はい、もう一回……」

――くそっ！　もう、逃げてえよ。

自分で自分が情けなくなる。もう、舞台なんてどうでもいいから、すべて放り出して逃げ出したい。

「はい、もう一回……」

岩松の声は、その後も稽古場に響きつづけた。


稽古が終わったあと、稽古場の隅で肩を落としてうなだれている秀太に、小林薫が声をかけた。

「飲みに行くぞ」

「いえ……」

申し訳なくて、とても酒を飲みに行くような気分ではなかった。もう少し一人で練習していくつもりだった。

「よかったじゃねえか。千本ノックの洗礼を受けられて」

「でも、みなさんにご迷惑をかけてしまいました」

「誰も迷惑だなんて思っちゃいねえよ」

「だけど、俺がうまくできないばっかりに、みなさんをずっと付き合わせてしまいました」

「あれは末吉だけに言ってんじゃねえんだ。岩松さんはおまえを通してみんなに伝えようとしてるってところもあるんだよ」

「それでも……すみません」

「ほら、もういいから。行くぞ」

「もう少し、一人で稽古しようかと……」

「いいか、思いつめてやったってだめなんだ。息抜きも必要なんだよ。そんな状態じゃ、いくらやったって同じなんだから」

何倍もの長い間、役者として生きてきた大先輩たちが、次々と声をかけてくれた。涙が出そうだった。

居酒屋で酒を飲む。

「末吉よ、つらいか?」

前に座った小林薫が酒を注いでくれた。大御所の貫禄《かんろく》に圧倒される。

「正直にいえば、限界を超えてます。俺、禿《は》げるんじゃないかってくらい、追いつめられてますよ」

「どうら、見せてみろ」

小林が秀太の頭を摑んで引き寄せ、頭頂部を覗き込んだ。

「なんだ、まだ禿げてねえじゃねえか」

ポンッと、手のひらで頭を叩かれた。

「そんなの物のたとえですよ。もっとも、この分じゃ、舞台がはじまるころには、ほんとに禿げちゃいそうですけど」

「そんな軽口が叩けるうちは、まだ大丈夫だ」

小林が猪口《ちょこ》の酒を一息に飲む。秀太は徳利《とっくり》を摑むと、小林の猪口に注いだ。秀太も酒を飲む。

ＡＡＡとしてデビューする前に、代々木公園でストリートライブをやっていたころのことが、ふと脳裏に蘇った。

夏の暑い盛りに、汗びっしょりになりながら踊った。道行く人たちに、「今度デビューするＡＡＡです！」と言いながらステッカーを手渡していった。だが、ほとんどの人がその場でポイッと捨ててしまった。すごく惨めで、悔しかった。

あのときでさえあんなにつらかったのに、舞台では観客は金を払ってチケットを買って席に座っているのだ。チケットを捨てることもできない。それを考えると、とてつもない重圧に襲われた。本当に恐かった。

小林が酒を呷《あお》りながら、目を細める。

「よかったなぁ。岩松さんの舞台っていうのは、出るだけで箔《はく》がつくんだ」

「はい」

岩松のすごさは、秀太にもわかっていた。一緒に仕事をさせてもらえるだけでも大変なチャンスだった。

この舞台をやりきることができれば、業界の評価が高まることはもちろん、役者として大きく成長することができるだろう。もっとも、やりきることができればの話だ。この分ではかなり怪しい。

「末吉よ。おまえ、いい経験してるんだぞ」

「はい」

「だいたい、ダンスとかやってるやつが、こっちの世界に来ただけでもすごいことなんだ。少しは自信を持て」

小林の温かい声が秀太を包む。その言葉に、秀太は泣きそうになった。

3

公演は十一月六日からで、十月中は毎日稽古があった。

しかし、十月はAAAも「AAA TOUR 2013 Eighth Wonder」のライブツアーをやっていて、福岡や北海道をまわっていた。そのたびに秀太は舞台の稽古を休まなくてはならない。自分が一番足を引っ張っているのに、一人だけ稽古を抜けるのだ。本当なら休みたくはなかった。焦燥感でどうにかなってしまいそうだった。

いっぽうで、ＡＡＡとしてライブを行うことは、秀太にとって存在価値の証明だった。だから全力で取り組みたかった。

でも、身体は一つしかない。もっといえば、心も二つには割れなかった。舞台とライブと半分ずつというわけにはいかないのだ。どちらも百パーセントで望まなければならない。合計で二百パーセントだ。

ライブ後、スタッフやメンバーとの食事もそこそこに、一人でホテルの部屋へと戻った。倒れ込むようにしてベッドに寝転び、白い天井をじっと見つめる。

体力は問題ない。下積み時代から徹底的に鍛えてきた身体は、この程度で音《ね》をあげるほど柔《やわ》ではない。

しかし、気持ちがついてきていなかった。極限まで追い込まれた心が、目の前に立ちはだかる壁の前で、これ以上前に進むことを拒んでいる。

――もう、ここまでだな。このままだと中途半端になって、舞台にもＡＡＡにも迷惑をかけてしまう。やれるところまでやったんだ。これが俺の限界だ……。

目尻から涙がこぼれ、両耳を濡らす。

気付いたら、尻ポケットからケータイ電話を取り出し、母に電話をしていた。

「もしもし、母ちゃん？」

「どうしたと？」

突然の電話に、心配そうな母の声。長崎訛《なま》りの声を聞いたとたん、大粒の涙が溢れた。

「俺、今度の舞台、だめかもしれん。もう、やめたい……」

そんなことを言うつもりではなかった。母に電話して泣きごとを言ったのなんて初めてだった。自分の口から出た言葉に驚く。

「あんたの声を聞いとったら、つらいのはわかるよ。あんたがそう思うなら、やめれば？」

母の声はどこまでも優しい。やめたいと言えば、母がなんて言うかなどわかっていた。優しい母は、どこまでも自分のことを受け止めてくれるだろう。

――俺は何を言ってるんだ！

母の声を聞いて、我に返った。投げ出そうとしていた甘い自分が許せなくなる。

「母ちゃん、ごめん。俺、やっぱやるよ」

「そうか。無理せんと……」

電話の向こうで、母も泣いている。

「俺、大丈夫だから」

秀太は電話を切ると涙を拭った。台本を開いて、練習をはじめる。

――俺の人生だ。逃げ出したって、どこへも行くところなんてないんだ。

レコーダーに録《と》っておいた共演者の声に合わせて台詞を言う。舞台はヤクザ者の話で、秀太はチンピラの役だった。やっているうちに気持ちが乗ってくる。

「てめえ！　この野郎！」

部屋に秀太のドスの利いた声が響く。

――やべえ、ここホテルだった。

慌てて声を落とすが、しばらくするとまた大声を張り上げていた。

翌朝、ホテルのレストランで朝食を食べていると、浦田直也が不思議そうな顔で正面に座った。

「直也君、おはよう」

「おはよう。ってか、秀太さ、朝の五時くらいに、なんかめっちゃ叫んでなかった？」

明け方まで舞台の練習をしていたのだ。

練習していないと恐い。膨大な恐怖が襲ってくる。苦しいが、やっているときだけは恐怖から解放された。だから、寝るくらいなら、練習をしていたほうが安心できるのだ。

AAAでやっているときには、いくら怒られてもさすがに、「てめえ、馬鹿野郎！」などと本気で怒鳴られることはなかったし、精神的にここまで追いつめられることもなかった。

――だいじょうぶだ。逃げない覚悟はできてるんだから。

「秀太、なんだか目が変わったよな」

直也が秀太をまっすぐに見つめている。

「そうすか……」

「なんか、雰囲気変わったよ」

「そうかな」

「ああ……頑張れよ」

「うん、ありがとう」

秀太は泣きそうになって、慌てて味噌汁《みそしる》を掻き込んだ。

4

二〇一三年十一月六日、『シダの群れ　第三弾 港の女歌手編』が開演した。

秀太は全力で舞台に立った。

自分のまったく知らない世界を見ることができた。本番をやっていても、一日一日、役の気持ちがどんどん変わっていくのだ。

――これって、なんでこう言ってるんだろう？　なんで、こういう行動をするんだろう？

公演を重ねるたびに、舞台の上で感じる思いが変わっていく。こんなことは初めてだった。

だが、戸惑いはなかった。

――今なら、彼の気持ちがわかるぞ。これって、稽古で何百回もやらされたからか？

怒るとか、喜ぶとか、悲しむとか、それぞれの感情は決して一つではなく、実はたくさんの種類や濃度がある。普段の生活だってそうだ。同じ映画を観ても、そのときの自分の気持ち次第で湧き起こる感情はまったく違ってくる。

人の気持ちは常に変化している。感情は生き物だ。

岩松の千本ノックで稽古を繰り返しやらされたことで、自分の中に膨大な感情が蓄積されていったのだ。

たくさんの引き出しに、何百種類もの感情がストックされていて、いつでも引き出せるようになっていた。

舞台で役になりきって口を開くだけで、毎日新鮮な感情が生々しい言葉となって飛び出していく。毎日必死だったが、それでも演じることが心から楽しかった。

東京公演の千秋楽。その日の公演後に、岩松が言葉をかけてくれた。

「あんな感じでいいから」

素っ気ない一言だった。それでもその一言に、いろいろな思いが込み上げてきて、思わず泣きそうになった。

――やばっ、めっちゃうれしい。岩松さんが、俺のことを認めてくれた⁉

身体が熱くなっていく。言葉にできないほどの感動が湧き起こる。

今こそ、ＡＡＡとして歌いたいと思った。

一つの曲を、武道館で一万人のファンに届ける。今ならすべての人に、それぞれの形で曲に込めた思いを伝えられるような気がした。

人と接することが苦手で、以前は自分から避けて生きてきた。

他人にあまり興味がなかった。でもこの舞台をやったことで、相手のことを、人間を知りたいと思うようになった。

メンバーたちと、本気でかかわっていきたい。

これからもいろいろな経験をしていくだろうし、その中にはつらくて苦しいこともあると思う。だけど、きっとそうやって仲間になっていくのだ。

ＡＡＡは様々なジャンルに挑戦していくというコンセプトのグループだ。だからこそメンバーがいろいろな立場で異なった経験を積むことができる。

それぞれ違う形のピースが集まって一枚のパズルが完成していくように、七人が自分の個性を持ち寄ってＡＡＡというグループを作ればいい。

以前は、無駄ではないかとか、これはやらなくてもいいのではないかとか思うような仕事もたくさんあった。でも今は、すべてが大切なことだと思える。

人生に無駄なことなど、一つもない。

――よーし、やってやる！

本気で生きることをやめない。

どうせ、正解なんて千通りもある。答えが一つじゃないなら、自分らしい正解を作ればいい。

秀太は岩松の後ろ姿に向かって右手を挙げると、力強くガッツポーズをした。

# Chapter7　Love

## 1

〈俺、歌えません……〉

二〇一四年二月、與真司郎はＬＩＮＥに力無くメッセージを書き込んでいた。ＡＡＡのメンバーやスタッフで一斉連絡用に作っているグループトークだ。

自宅マンションの部屋は、灯りをつけていないので深い闇に包まれている。手の中にあるスマホの画面だけが、眩しいほどに輝いていた。

何度か文章を読み返した後、小刻みに震える指先で、そっと「送信」ボタンを押す。

夜遅い時間だというのに、瞬く間に「既読」の数が増えていった。

――本当に、もうだめだ……。

ソファーに座ったまま、両手で頭を抱える。

どうしてこんなことになってしまったのか、自分でもわからなかった。なんとかしようと、必死に頑張ってはみたのだ。それでも、どうにもならなかった。もはや限界だった。

真司郎は深い溜息をつきながら、次々と既読の数が増えつづけていくスマホの画面を、呆然と見つめていた。

＊

デビュー三年目の二〇〇七年、真司郎は西島隆弘と共に、テレビ東京の『美味學院』という連続ドラマに出演した。ちょうどそのころ、ＡＡＡの全国ライブツアーが並行して行われていた。

長時間の撮影と全国をまわって行うライブの日々に、肉体も精神も疲労困憊《こんぱい》して限界を超えていた。

早朝から夜遅くまで、ほぼ毎日にわたり、ドラマの撮影がつづく。台本を覚える時間さえないほどの強行スケジュールだった。

それでも撮影が進めば、それに合わせて新しい台詞を覚えていかなければならない。しかたがないので、多摩センターにあるロケ地までの行き帰りの電車内で、睡魔と戦いながら、必死になって台詞を覚えた。生まれて初めて、電車の中で立ったまま寝た。

その日も朝の撮影のために、眠い目をこすりながらロケ地に着いた。

「なんだよ、そのボサボサの髪は……」

隆弘に指摘されるまでもなく、そんなことはわかっていた。

「しかたないやろ。朝早かったんやから」

不機嫌そうに答える真司郎の背後に、隆弘がそっと立った。

「俺がセットしてやるよ」

「えっ？」

「そのままってわけにいかないだろ」

正直にいえば、隆弘とは仲がよかったわけではない。そもそもＡＡＡの中でも性格の違う二人は、互いに接点を持つことさえなかった。

その隆弘の指が、丁寧に真司郎の髪に触れていく。ドライヤーの温風が、なんとも心地よかった。

――なんか不思議な感じじゃな。

鏡越しに目が合う。

「はい。これでいいよね」

「ニッシー、ありがと」

「おお」

鏡に映った隆弘の笑顔につられるように、気がつけば真司郎も微笑んでいた。

『美味學院』の撮影が佳境に入ったころ、新曲の『Ｇｅｔチュー！』とカップリングの『ＳＨＥの事実』のＭＶ撮影が入った。

なんと、撮影はサイパンで行うという。

――マジかよ。

それでなくても毎日ほとんど寝ていないのだ。これでサイパンまで行くことになれば、さらに睡眠時間が削られることになる。

ドラマの撮影が午前三時に終わった。そのまま多摩のホテルにチェックインし、隆弘とマネージャーの栗山と三人で一時間だけ仮眠を取る。その後、五時すぎには成田空港行きの高速バスに乗っていた。

飛行機はエコノミー席で、三時間あまりのフライトの間うつらうつらと居眠りする程度の仮眠を取ったが、あまりに疲れていたせいか、着陸の震動で目を覚ましたときにはまるで金縛りに遭ったかのように全身が硬直していた。

そのまま空港からスタジオに連れていかれ、新曲の振り付けがはじまった。一時間後には撮影開始だと言われた。

――ふざけんなよ。二曲分のダンスを一時間で覚えろやなんて……できるわけないやん。

あまりにもタイトなスケジュールに文句や弱音が溢れ出しそうになるが、それでも必死に食らいつく。

自分と隆弘が振り付けを覚えられなければ、撮影に入れず、他の五人やスタッフに迷惑がかかってしまう。できないなどと言える空気ではなかった。やるしかないのだ。

サイパンでは他にいくつも仕事が入っていた。その合間に隆弘から声をかけられて、ドラマの台本の読み合わせをすることになった。初めは控室でやっていたのだが、他のメンバーからうるさいと怒られたので、空き部屋を使って二人だけでやった。

その夜の宿泊も学生が泊まるような安いランクのホテルで、真司郎は浦田直也と末吉秀太と三人部屋だった。

「直也君。俺、めっちゃ眠い。もう、だめ」

不機嫌そうにしている真司郎を見た直也が、

「真司郎のそういうのを見てると、なんかハワイのときを思い出すな」

と笑っている。それに秀太が興味を示す。

「何、それ?」

「あっ、聞きたい?」

「ちょっと、俺がこんなにボロボロになるまで頑張っているのに、今その話するわけ?」

「いいじゃん、話したって。秀太だって聞きたいだろ?」

「聞きたい!」

真司郎はもう眠くなってきているので、どうでもよくなってくる。

「別にいいけど……」

「前にハワイに行ったじゃん。あれって、けっこう夜遅くに着いたよな」

「そうだっけ?」

「ああ。それでホテルに着いたら、真司郎が腹減ったって言い出してさ。朝まで我慢できないって、駄々をこねるんだよ。しかたないから、宇野ちゃんと三人でコンビニに買い出しに行ってさ。それでカップラーメンを買ってきて、宇野ちゃんの部屋で食べようってことになったんだけど、電気ポットがガラスのビーカーみたいなのを温めるやつでさ。たぶん、あれってコーヒー沸かすやつだから、ぜんぜん沸騰しなくてさ。いつまで経ってもぬるま湯なんだよ。そしたら真司郎がもうガキみたいに拗ねて、本気でギャーギャー怒り出しちゃって、もう大変でさ。俺と宇野ちゃんでなんとかなだめて。おまえは小学生かって感じ」

「その節はご迷惑をおかけしました」

真司郎は苦笑いしながら頭を掻いた。

「たしかに真司郎らしいな」

秀太も笑っている。

「ねえ、俺、マジやばい。もう、落ちる」

疲れている真司郎に、二人が気を遣って会話を終わらせ、先に寝かせてくれた。

――ああ、眠い。明日も撮影が入ってるんや。ドラマの台本も覚えきれてないから、またニッシーと一緒に読み合わせをしないと。

デビューしてからずっとこんな毎日だった。正月以外はほとんど休みもないような生活で、限界のさらに先を走っているような感覚だった。

ものすごいスピードで、ただひたすらに仕事に追われてきた。

本当は自分でやりたいことを見つけて全力投球したいのに、それを探す時間さえなかった。

もしも真司郎一人だったら、耐えられなかったかもしれない。しかし、もうこれ以上はだめだと思ったとき、気がつけば、いつもメンバーの誰かがそばにいた。

今回のドラマ撮影での隆弘もそうだった。一緒に戦っている隆弘の存在に、どれだけ支えられてきたかわからない。

――ニッシーが隣にいてくれることに、きっとちゃんとした意味があるんだ。

真司郎はまるで気を失うように、そのまま深い眠りについた。

＊

その年の十二月に「2007 Winter Special Live ～男だけだと、・・・こうなりました⁉～」という男子メンバーだけのライブを行った。

最終日の夜、年末の忘年会を兼ねて、そのライブの打ち上げをメンバーとスタッフで居酒屋で行う。

一年を振り返って、メンバーが一言ずつ挨拶をすることになった。

真司郎はいつもの調子で、少しおどけて笑いを誘いながら挨拶をする。最後にふと思いついて、隆弘の名前を口にした。別にそれほど深い意味はなかったのだ。ただ急に、隆弘について話したくなった。

「えーと、実は今まではニッシーのこと嫌いやったんやけど……」

隆弘の顔を見る。目と目が合った。いろいろなことが蘇る。

それまではあまり話をしたことがなかったが、ドラマの撮影の合間に、たくさんのことをじっくりと語り合った。何日も一日中一緒にいたのだ。気がつけば隆弘のいろんなところが見えてきた。真司郎が気がつかなかった意外な一面もあった。

仕事に対して、とにかくひたむきに取り組むこと。仕事をしていると、他のことなどどうでもよくなってしまうこと。仕事をしているとき以外は、スイッチが切れたようにボーッと考えごとをしていること。

――こういう関係をなんて呼べばいいんだろう。戦友だろうか？　違うな。なんだろ？

真司郎は深く息を吸うと、みんなに向かって宣言するように言った。

「……でも、今年はニッシーと一緒にドラマとかやって、なんか……好きになったかも」

みんながどっと笑った。だが、その中で一人だけが笑っていない。

隣にいた隆弘が、真司郎の言葉を聞いたとたん下を向き、細い肩を何度も大きく震わせて泣きはじめた。驚いて言葉を失っていると、そのまま隆弘に抱き締められた。

隆弘の顔がすぐ近くにある。ぐちゃぐちゃに濡れた瞳が真司郎を見つめている。ほっとしたような顔だった。

——なんか、こういうのも悪くないやん。

真司郎は人前ではめったに泣かない。大勢の人の前で堂々と泣いている隆弘が、少し羨《うらや》ましいと思った。

## 2

京都の実家にいる母から電話がかかってきた。

真司郎はこの年齢の男性には珍しいと言われるほど、母や姉と仲がいい。とくに母とは週に何度も電話でやりとりするほどで、ほとんど隠しごとがないほどになんでも話していた。

真司郎の仕事が忙しいので、どちらかといえば母からはメールでの連絡が多い。もっぱら電話をかけるのは真司郎のほうだった。だから、いきなり母から電話をもらったときは少し驚いた。

「どうしたん？」

「うん、真ちゃんにお願いがあんねん」

サイン入りのCDを送ってほしいと言われた。今までもサインを頼まれたことはあったが、わざわざ電話までかけてくることは珍しかった。

最近知り合った女子中学生に渡すらしい。母がそのときのことを話しはじめる。

真司郎の実家の隣に住んでいる人で、昔から與家と家族ぐるみの付き合いがあったおばさんが入院したという。真司郎もよく知っている人だ。もちろん母はすぐに見舞いに行った。

病院の外科病棟の四人部屋。窓は閉まっていて、白いカーテンが引かれている。壁も天井も白一色。薬品の匂いが否応なしに病院を意識させた。

おばさんは思ったより元気そうで、ベッドの上で身体を起こし、イヤホンを使ってテレビを観ていた。母は胸を撫で下ろす。

持ってきた花を借りた花瓶に活け、剝いたリンゴを一緒につまみながら、しばし世間話に興じた。

「あら、そういえば……」

おばさんが隣のベッドに視線を送る。

「さやかちゃん、起きてる？」

ベッドとベッドの間は、白いカーテンで仕切られていた。

「はい。起きてます」

カーテンの向こう側から女の子の声がした。おばさんに促された母が、そのカーテンを開ける。

さやかと呼ばれた女の子が、青白い顔を傾けて無垢《むく》な笑顔を見せた。小さなエクボができるのがなんともかわいらしい。聞けば中学生だという。

さやかのベッドのまわりには、おびただしい花や糸で吊《つ》られた折り鶴が溢れていた。それを見ただけで、彼女がどれほど家族や友人たちに愛されているかが窺い知れた。

「あれ？」

母は驚きの声を上げた。枕元の壁にＡＡＡの写真がたくさん貼ってあったからだ。しかもそのほとんどが真司郎のものだった。

「ＡＡＡが好きなの？」

母は思わず話しかけていた。

「おばさん、ＡＡＡを知ってるの？」

「もちろん、大ファンよ」

「わあっ！　私もなんです。とくに真ちゃんが大好き」

母はその子の様子に、ただならぬものを感じ取り、普段なら絶対に口にしない秘密を打ち明けてしまう。

「おばさんの息子なのよ」

「それくらい真ちゃんが好きなんですね。すごいなあ。私も真ちゃんがお兄ちゃんだったらいいいな」

「違うの。ほんとに息子なの」

「まさかぁ、そんな」

「正真正銘、おばさんの息子なのよ」

「嘘でしょ？　真ちゃんのお母さんてことですか？」

さやかは驚きのあまり、ポカーンと口を開けっ放しにしている。

母はニッコリと笑った。隣のベッドに寝ているおばさんも笑っている。

その後、みんなで真司郎の話で盛り上がった。

さやかは母に対して、真司郎がアーティストとしてどれほど魅力的であるか、熱を込めて力説した。さやかがあまりにも褒めちぎるので、なんだか自分の息子のことではないような気がしたほどだ。

帰り際にロビーのところで、さやかの母親に呼び止められた。こんなに明るいさやかを見たのは久しぶりのことだと、何度も礼を言われた。

彼女は重い病気にかかっていて、余命宣告が出ているとのことだった。

真司郎はスマホを強く握り締めた。

「それ、ほんとなの？」

「真ちゃんのサインで少しでも元気を出してもらえれば、いい方向にいくかもしれないでしょう。病《やまい》は気からっていうじゃない」

電話の向こうで神妙に話す母の言葉に、真司郎もうなずいていた。

小さな偶然がいくつか重なってできた縁だ。自分にできることがあるなら、なんでもしてあげたいと思った。

すぐにメンバーたちにさやかの話をすると、みんなも協力すると言ってくれた。色紙やCDに全員でサインをして、真司郎はそれを実家に送った。

――さやかちゃん、これを見て少しでも元気になってくれるといいな。

さやかは病院のベッドの上で、いつも真司郎のことが載った雑誌を読んでいるのだそうだ。

大阪でライブがあるときには見舞いに行くつもりだったが、残念ながらさやかの手術の日と重なってしまい、それは叶わなかった。しかし、手術はうまくいったようで、その知らせを聞いた真司郎は心から安堵《あんど》した。

しばらくして、さやかからお礼の手紙をもらった。

ピンク色の便箋《びんせん》に、かわいらしい丁寧な文字で、真司郎への感謝の言葉が綴られていた。

真ちゃんの姿を観てとっても元気が出ました、と書かれている。これからもずっと応援しています、と結ばれていた。

それを読んでいるだけで、こっちのほうが元気をもらえる。

その後もＣＤやＤＶＤを送ったりしながら、やりとりは何度かつづいた。

一度だけ、ライブにも来てくれた。会ったこともない女の子に、自分が生きる力を与えてきたのだ。

——俺の仕事にも意味があるんやな。

そう思うと、いいようのない喜びを感じた。

何百回もやめたいと思うほどつらいことばかりの仕事だったが、それでも自分の存在が誰かの希望になっているのかと思うと、頑張ってきてよかったと思えた。なんだか、くすぐったいような不思議な気持ちだった。

——そういえば、最近やめたいって思わなくなったな。

さやかに感謝しなければいけない。

それから数カ月がすぎた。

真司郎は忙しさにかまけて、しばらくさやかのことが頭から離れていた。そんなとき、母から連絡が来た。

さやかの容態が急変して、亡くなってしまったとのことだった。

——そんな、嘘やろ！

さやかはまだ中学生だった。これからやりたいことだっていっぱいあっただろう。どんな夢を持っていたのだろうか。学校に行ったり、友達とカラオケで遊んだり、かわいい服を着ておしゃれをしたり、恋だってしたかったはずだ。大人になって就職して、結婚して子供を産んで……。

やり場のない悔しさが胸に広がった。真司郎にはどうしようもできないことだ。それでも、何かもっとしてあげられることがあったのではないだろうか。

――なんでだよ。AAAのライブにまた来るって約束したじゃないか……。

後日、握手会にさやかの母親が来てくれた。

「ありがとうございました」

そう言って、彼女は深々と頭を下げた。

「さやかは與さんから、たくさんの元気をいただいていました」

母親はそう言って微笑んだ。

――違うんだ。本当に元気をもらったのは、俺のほうなんだ。

握手した母親の手の感触が、いつまでも手に残っていた。

# 3

二〇一二年七月、三十三枚目のシングル『777 ～We can sing a song!～』が発売になった。

ＡＡＡはデビュー当時、西島隆弘、宇野実彩子、浦田直也の三人がメインボーカルで、ラップ担当の日高光啓以外のメンバーはダンスやコーラスを担当していた。

しかし、二十四枚目のシングル『逢いたい理由』から、四人目のボーカルとして伊藤千晃が本格的にパートを受け持つようになり、二十九枚目のシングル『CALL』からは、ラップ担当の日高光啓以外の六人全員が、ほぼ均等にボーカル参加をしていた。

新体制になって今回で五曲目となり、真司郎のパートも今まで以上に大切なものとなっていた。それだけに責任も重大になってくる。

ダンスやコーラスだけのときと違って、歌が入ると見せ方もまったく別のものになる。テレビではアップで抜かれることが増えたし、ライブでも様々な演出に絡んでくるようになった。

コーラスはメインボーカルを引き立てるのが役割だ。それが自分自身でメインとして目立たなければいけなくなったのだから、歌っていても緊張の度合いが比べものにならないほど大きい。

真司郎は元々几帳面《きちょうめん》というか、完璧主義なところがあった。

小学生のころから、遅刻や忘れ物を一度もしたことがない。学校の先生にも驚かれるほどだった。

前の晩にランドセルの中身をすべて準備して、宿題も確認し、翌日の服をすべて揃えてからでなければ寝ることができないような子供だったのだ。

その性格は大人になってますます顕著になった。

たとえオフでも、一日のスケジュールを分刻みで入れないと気がおさまらない。そして実際にその通りに行動する。わずかでも計画が狂うのはいやだった。

自分の部屋もホテルのように整理整頓されていないと落ち着かなかった。ちょっとくらいならいいや、とは絶対に思えない。

しかしその性格が、結果として自分を追いつめていくことになった。

テレビの歌番組の収録で、『777 ～We can sing a song!～』を歌ったとき、それは起きた。

有名アーティストが何組も出演し、視聴率も高いゴールデンタイムに放送される人気の歌番組だった。歌番組に出られる機会は、意外なほど少ない。真司郎はもちろん、他のメンバーたちも、このチャンスをものにしてやろうと、ひどく意気込んでいた。

AAAの出番になった。いつもと違ってツーコーラスだ。二番は歌い慣れていないので、歌詞を間違えないようにしないといけない。そう思ったのが、よけいに緊張を高めてしまった。

真司郎は、いきなり一番の歌詞を間違ってしまった。

しかし、テレビの収録では、たとえ途中で間違えても曲を止めることはできない。二番の最後まで歌い終えなければならなかった。

歌っている間も、みんなの頭の中には、どうせ録り直しだという意識がある。それでもとにかく最後まで歌う。

歌い終わったところで、

「もう一回、お願いします！」

ディレクターの声がスタジオに響いた。

「すみませんでした。よろしくお願いします」

間違えた真司郎はもちろん、メンバーやマネージャーも頭を下げて謝る。

スタジオに重たい空気が流れた。

二番までダンスを踊ったばかりなので、メンバーは誰もが肩で息をしていた。

みんなの呼吸が整って落ち着くまでの間、スタイリストは衣装を直し、メイクは汗を押さえに走りまわっている。ディレクターやカメラマンたちは、手持ちぶさたにそれを見ていた。

スタジオには、かなりたくさんの人たちがいる。スタッフや業界関係者、それにバンドも入っていた。カメラも五台がスタンバイしていた。

――次は絶対に間違えられない。誰かが間違えれば、さらに収録予定が押していく。

最初に間違ったのは真司郎なのに、次にミスをした人はもっと大きな責任を被ることになる。

メンバーの間にも、さらに強い緊張が広がっているはずだった。

その分だけ、歌やダンスが制約を受けることになる。真司郎だけでなく、他のメンバーも平常心で歌えなくなってしまうのだ。

――俺のせいだ。俺が間違ったからいけないんだ。

みんなに、申し訳なかった。

その日のことが、喉の奥に刺さった魚の小骨のように、心のどこかに引っかかってしまった。

いつまでも強い緊張が抜けなくなった。まるでトラウマだ。

それ以来、テレビ収録のたびに、どんなに頑張っても、いや頑張れば頑張るほど間違えるようになってしまった。

何度やっても、不思議なことに必ず一回目に間違ってしまう。

スタジオには、「絶対に一度で終わらせてくれ」というような空気が流れている。どうしても、その雰囲気に負けてしまうのだ。

歌っていると、突然頭が真っ白になり、歌詞が出てこなくなった。

リハーサルのときは間違うことがない。家で練習するときも、まったく問題なく歌えた。

それなのに、テレビ局で本番になったとたん、ほぼ確実に歌詞が飛んでしまう。頭の中で次の歌詞を思い出そうとしてしまうのだ。

歌詞もメロディーも身体に染みついているから、自然に出てくるはずなのに、間違えることの恐怖に負けて、どうしても頭で考えてしまう。結果として、かえって間違いを誘うことになる。

「ごめん。また俺が間違った……」

うなだれる真司郎の肩を、直也が笑顔で叩いた。

「気にすんなって。誰だって間違えるんだからさ。リラックスしていこうぜ」

「でも、俺……」

歯を食い縛っても、唇が震えてしまう。嫌な汗が背中を伝った。

「だいじょうぶ。次はやれるよ」

光啓が笑顔で声をかけてくれた。

――絶対に間違えちゃいけないんだ。

完璧にやらなければいけないと思えば思うほど、恐怖が襲ってきた。結果として間違える確率が高くなってしまう。

もう、泥沼だった。

ライブの二時間半よりも、テレビ収録の十数分間のほうが何倍も精神的にきつくなった。

ライブはファンが盛り上げてくれたし、温かい声援ももらえたので、いつもリラックスして歌える。だが、テレビではガチガチに緊張して、何も考えられなくなった。

テレビ収録の前日の夜は、恐くて眠れなくなってしまった。寝られないから、翌日、声が出にくくなってしまう。それもプレッシャーを高めることに繋がった。

——いややな。明日の収録、なくなればいいのに。

不安と恐怖で身体が押し潰されそうな気がした。壁や天井がゆっくりと迫ってくる夢を見て、ベッドの中で何度も大声で叫んだ。

4

二〇一四年二月、三十九枚目のシングル『Love』が発売された。

プロモーションが活発になる。

去年の九月に発売した『恋音と雨空』は、いまだにユーチューブの再生回数が伸びつづけていた。ファンの反応もいい。

たしかな手応えがあった。それだけに次の曲である『Love』の売り方が重要になってくる。相乗効果が上がるように、しっかりと活動していかなければならない。

——ＡＡＡにとって、ここが正念場なんだ。絶対に失敗できない。

メンバーにもスタッフにも、強い思いが湧き起こっていた。

そんな中で、テレビのバラエティー番組に出演して、『Love』を歌うことになった。

かつてないほどに緊張した。テレビ収録で歌詞を間違えてしまうスランプは、まだつづいている。もう一年半にもなるのに、治るどころかむしろひどくなっていた。

――そういえば、小学生のときもスランプがあったな。

真司郎は少年野球のチームに入っていて、中心選手として活躍していた。

得意の俊足を活かして、どんなゴロを打っても必ず一塁でセーフになったし、出塁すれば二盗三盗は当たり前というように盗塁を成功させた。

そんな中でもとくに自信があったのが、センターの守備だった。足の速さを武器に広範囲の守備力を誇って、まさに要《かなめ》の選手となっていた。

ところがある日、スランプになった。

試合中に大事な場面でエラーをしてしまったことがきっかけになり、それ以来、簡単なフライでさえ捕れなくなってしまったのだ。

なんでもないフライが、かえって恐くなった。どうしても捕れない。あれほど得意だった守備にもかかわらず、いつも「自分のほうに飛んでくるな」と願うようにさえなった。

守備が急に下手になるわけがない。精神的なものだと、監督やコーチも怒るどころかむしろ心配してくれたが、まじめな性格の真司郎は、チームに迷惑をかけることを思い悩み、よけいにスランプを悪化させていった。結局、脱するのに一年近くかかった。

――あのときとよく似てるな。

新曲『Love』のテレビ収録の前夜、真司郎はあまりにも緊張しすぎて、ベッドの中で吐き気がするほど悶《もだ》え苦しんだ。

――チクショウ。なんでだよ。恐いよ。

ほとんど眠ることができないまま、翌朝を迎えた。

スタジオに入ったとたん、瞬く間に現場の空気に呑まれてしまう。

絶対に間違えるな。絶対に間違えるな。絶対に間違えるな。スタジオのスタッフ全員が、真司郎のことを責めているような気がした。

本番がはじまると、真司郎はパニックになってしまった。歌詞が出てこないどころか、ほとんど歌うことさえできなくなった。

ディレクターやスタッフが驚いた顔をしている。メンバーたちがさかんに声をかけてくれたが、まったく耳に入ってこなかった。

息が苦しい。いくら深呼吸しても、少しも肺に空気が入ってこない。視界がどんどん狭《せば》まっていく。

収録は散々な内容のうちに終わった。申し訳なくて、メンバーの顔を見られない。誰とも目を合わせないようにうなだれたまま、逃げるようにして控え室に向かう。

──俺、もうだめだ……。

その夜、自宅に帰ると、真司郎はメンバーやスタッフにLINEでメッセージを送った。

〈みなさん、今日は本当に申し訳ありませんでした。迷惑をかけてごめんなさい。俺はもうテレビでは歌えないです。はまってしまい、これを抜け出すことはできないと思います。自分はコーラスとダンスだけでいいです。もちろん、歌が好きな気持ちは変わりません。メインの歌は練習していくし、ライブでは普通に歌いたいと思うけど、でも、テレビではもう無理です。俺、歌えません……だから、俺をメインのボーカルから外してください〉

歌が嫌いなわけではなかった。嫌いなはずがない。歌が好きで好きで大好きで、それでAAAに入ったのだ。しかし、メンバーやスタッフに迷惑をかけてしまうことを考えると、もうこれ以上は無理だった。

自宅の部屋でソファーに座って、照明もつけずに握り締めたスマホをじっと見つめている。部屋には音が吸い込まれるほどの闇が広がっていた。自分の胸の鼓動が聞こえてきそうだった。

ずっと悩んできて、最後に自分で出した結論だ。後悔がないわけではなかったが、もうこうするしかなかった。

──歌詞を間違えずに歌うことすらできないなんて、プロ失格以前の問題だ。こんな自分が、これ以上、歌うわけにはいかない……。

「あーあ、送ってもうた……」

ポツリと呟いた。

次の瞬間、スマホの着信音が鳴りはじめた。バイブが震えている。ＬＩＮＥに次々とコメントが書き込まれていった。すごい勢いだ。止まらない。

〈大丈夫だよ。そんなの間違ったたっていいし〉

〈緊張するのは、俺たちだって一緒だよ〉

〈誰も迷惑だなんて思ってないから〉

〈真司郎らしくないぜ〉

〈気にしなくていいよ〉

〈誰だって間違うんだし、一緒に乗り越えていこうよ〉

〈真司郎が歌いやすいように、パートの入れ方をみんなで考えよう〉

〈本当にできないならしょうがないけど、真司郎ならできるって信じてる〉

〈真司郎がいて、それでＡＡＡなんだよ〉

――なんなんだよ、これ。

熱い涙が溢れ、止めどなく頬を伝う。スマホの画面が滲んで見えなくなった。それでもまだ、スマホは手の中で鳴りつづけている。

――おまえら、なんでこんなに優しいんだよ。

真司郎は大声を上げて泣いた。どうせ自分一人で住んでいる部屋だ。誰も見ていない。今夜だけは、思いきり泣いてやろう。

みんなの顔が思い浮かんだ。かけがえのない仲間の笑顔だった。

# エピローグ

あと五分で、ライブがはじまる。会場では、一万人を超えるファンが開演を待っていた。

メンバー全員が一つの控え室にいる。男女別にそれぞれ部屋は用意されていたが、気がつけば一カ所に集まってしまうのは、ライブ前のいつもの光景だ。

テーブルの上に、七本の飲みかけのペットボトルが並んでいた。

何をするのでもない。取り留めのないおしゃべりに興じたり、なぜか用意されている剣玉で遊んだり、ライブ前の緊張をほぐすように、みんなではしゃぎ合っている。

いつからこうなったのか定かではなかったが、今ではこれが当たり前の光景になっていた。

「そろそろ行くか」

直也が立ち上がった。すでに興奮に包まれているファンの大声援が聞こえてくる。

「トリエー。トリエー。トリエー。トリエー……」

一緒に立ち上がった実彩子が、次第に高まっていく大声援に耳を傾けるように、じっと目を閉じていた。

「どうした？」

「ここまで、来たんだね……」

デビュー前後は、代々木公園などでストリートライブしかできなかった。一生懸命に歌っても、誰も足を止めてくれなかった。観客がほんの数人しかいなかったこともあったし、手渡しで配ったステッカーを、目の前で破られて捨てられたこともあった。

実彩子が目を開ける。

ファンの声援がまた大きくなった。すでに控え室を震わせるほどになっている。

「ほら、一万人のファンが、俺たちを呼んでる」

「うん、そうだね」

「次は、ドームでやるぞ」

直也の言葉に、実彩子が笑顔でうなずいた。

「うう……やばい。めっちゃ緊張する」

真司郎が鏡の前でヘアスタイルを確認しながら言った。今日はＤＶＤの収録が行われる。

「嘘つけ。全然緊張なんかしてないじゃん」

隆弘が、後ろから真司郎の背中を小突いた。

「あれ、バレてた？」

鏡越しに視線を合わせ、二人で笑った。

「もう、秀太。襟《えり》が折れてるってば」

千晃が秀太のジャケットの襟を直してやっている。

「今、直そうと思ってたんだ」

少し恥ずかしそうに言い訳をしている秀太を見て、

「千晃ちゃん、俺のも直してよ」

光啓がおどけて言った。

「だっちゃん、襟、ちゃんとしてるけど」

千晃が両手を腰に当てて、プクッと頬を膨らませる。

「あれ、そうだった？」

光啓が笑いながら頭を掻いた。

「もう！」

千晃が吹き出す。秀太も笑っていた。

スタッフから、一分前がコールされる。

ＡＡＡのメンバーとスタッフで、しっかりと手を取り合って円陣を組んだ。

「ファンのみんなが待ってるぜ！」

直也が声を上げた。隆弘がうなずく。真司郎は光啓と肩を組んでいた。その隣には秀太もいる。実彩子と千晃が笑顔を向けてくる。

ずっと、このメンバーでやってきた。うまくいかないこともたくさんあった。これからだって壁にぶつかることは何度もあるだろう。

それでも、いつもそばに仲間がいる。ＡＡＡという居場所がある。七人で支え合っていけば、絶対に描いてきた夢を摑み取ることができるはずだ。どこまでだって、上を目指していける。

隆弘が真司郎に向かって手を挙げた。真司郎がハイタッチでそれに応える。

客席の歓声がさらに大きくなった。

「いくぞ！」

直也の掛け声を合図に、七人は一斉にステージへの階段を駆け上がりはじめる。目も眩《くら》むような強い光の中に、全力で飛び出していった。

To be continued…

本書は書き下ろしです。

あのとき、僕らの歌声は。
2016年9月14日　第1刷発行
2019年12月20日　第14刷発行

著　者　AAA
発行者　見城 徹

発行所　株式会社 幻冬舎
〒151-0051 東京都渋谷区千駄ヶ谷4-9-7

電話:03(5411)6211(編集)
03(5411)6222(営業)
振替:00120-8-767643
印刷・製本所:株式会社 光邦

検印廃止


ISBN978-4-344-02990-3 C0093
幻冬舎ホームページアドレス　https://www.gentosha.co.jp/

この本に関するご意見・ご感想をメールでお寄せいただく場合は、
comment@gentosha.co.jpまで。